15
ゴブリンスレイヤー
GOBLIN SLAYER!
He does not let anyone roll the dic
JN131132

疾風のように駆ける彼女は
緑一色の広野に滲んだ
青い閃光、青い風《ブルーゲイル》だ。

「翔ぶが如しだ、石竜子《せきえき》殿！」

# Contents

GOBLIN SLAYER!

He does not let anyone roll the dice.

# ゴブリンスレイヤー 15

蝸牛くも

# ゴブリンスレイヤー

# 人物紹介

# CHARACTER PROFILE

――つまり俺は、奴らにとってのゴブリンだ。

## ゴブリンスレイヤー
Goblin Slayer

辺境の街で活動している変わり者の冒険者。ゴブリン討伐だけで銀等級（序列三位）にまで上り詰めた稀有な存在。

――守り、癒やし、救え。『地母神の三聖句』

## 女神官
Priestess

ゴブリンスレイヤーとコンビを組む少女。心優しい少女で、ゴブリンスレイヤーの無茶な行動に振り回されている。

――無知なる者こそが幸福である。知ることは最上の喜びなのだから。『エルフの格言』

## 妖精弓手《エルフ》
High Elf Archer

ゴブリンスレイヤーと冒険を共にするエルフの少女。野伏（レンジャー）を務める凄腕の弓使い。

――彼女にとって大事なのは、いつだって天気と、家畜と、作物と、そして彼のことだ。

## 牛飼娘
Cow Girl

ゴブリンスレイヤーの寝泊まりする牧場で働く少女。ゴブリンスレイヤーの幼なじみ。

――ペンも紙もなしに、どうして冒険ができようものか。

## 受付嬢
Guild Girl

冒険者ギルドで働く女性。ゴブリン退治を率先してこなすゴブリンスレイヤーにいつも助けられている。

己を鍛えて刃《やいば》で屠《ほふ》れ。血が出るならば、敵ではない。
——鋼の秘密、その一端

**重戦士**
Heavy Warrior

辺境の街の冒険者ギルドに所属する銀等級の冒険者。女騎士らと辺境最高の一党を組んでいる。

竜とは逃げぬものなれば。

**蜥蜴《リザードマン》僧侶**
Lizard Priest

ゴブリンスレイヤーと冒険を共にする蜥蜴人の僧侶。

——宝石も金属も、磨く前は全て石塊。

物事を見た目で判断する鉱人は、この世におらぬ。

**鉱人《ドワーフ》道士**
Dwarf Shaman

ゴブリンスレイヤーと冒険を共にするドワーフの術師。

愛とは互いを見つめ合うことでは無い。
同じ行く手を共に見ることである。
——ある詩人

**剣の乙女**
Sword Maiden

水の街の至高神の神殿の大司教。かつて魔神王と戦った金等級の冒険者でもある。

尊敬に値する敵を、明日の友とはしたくない。
少なくとも今日は。

**槍使い**
Lancer

辺境の街の冒険者ギルドに所属する銀等級の冒険者。

——神秘と愛は舌先から紡ぐほどに
解《ほつ》れるもの、況《いわん》や女の美しさをや。

**魔女**
Sorceress

辺境の街の冒険者ギルドに所属する銀等級の冒険者。

カバー・口絵　本文イラスト
**神奈月昇**

開戦には遅すぎた
もはや敵の背は彼方《かなた》
だが膝《ひざ》を突くようならば
お前は生きていけぬだろう

駆けろ　駆けろ　銀の星よ
最高も　最悪も
全《すべ》てをお前は置き去りにする

馬よ　馬よ　良き馬たちよ
戦女神《いくさめがみ》の祝福は　ただお前のためだけに

駆けろ　駆けろ　銀の星よ
最高も　最悪も
全てをお前は置き去りにする

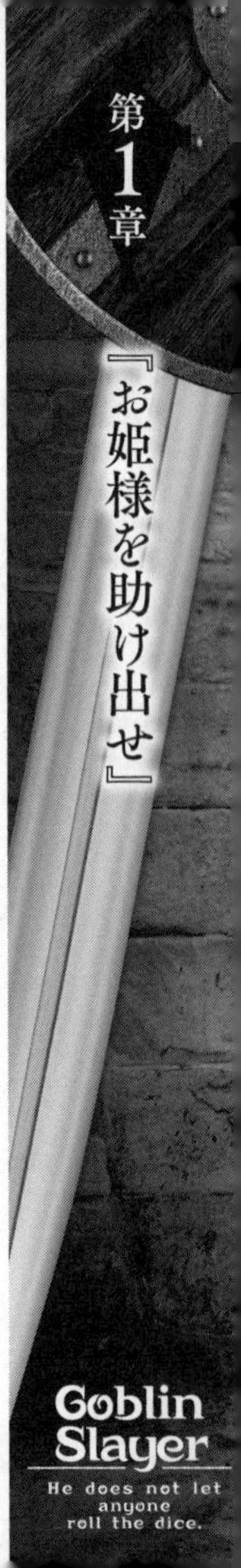

# 第1章『お姫様を助け出せ』

Goblin
Slayer
He does not let
anyone
roll the dice.

初めて見る街の門は、想像していたよりもずっと大きな物だった。

見上げる程に高いそれを、その少女はじっと睨《にら》みつけ、意を決して脚を踏み出した。

敷き詰められたやたらと硬い石をガッガッと蹴《け》りながら、きっと前を見据えて道を行く。

その足音の勇《いさ》ましさのせいか、小柄な割に背に負うた大刀《ダイカタナ》と大弓のせいだろうか。

往来の人々が興味深く目線を向けてくるのを、その少女は射殺《いころ》すような目で睨みつける。

むしろ視線を突き刺すという意味では、少女の眼力の方が強いくらいだろう。

そうすると皆戸惑ったように目を逸《そ》らすので、少女はそれを捨て置いて先を急ぐ。

なにしろ、ここは敵地も同然なのだ。誰《だれ》も彼も、油断も隙《すき》もない。

少しでも気を抜けば、たちまちの内に群狼《ぐんろう》が群がるようにして貪《むさぼ》り食われるだろう。

少なくともその少女はそう信じていたし、疑いの余地はないのだった。

だが——しかし、それにしても、目眩《めまい》のするような景色だ。

道は石。建物は石。見上げる空はやたらと狭く、そびえ立つ建物の屋根の上で、遠い。

地平線が見えぬというのは酷《ひど》く気持ちが落ち着かない。風は淀《よど》み、人いきれが凄《すさ》まじい。

耳に飛び込んでくる音はやたら雑多でせわしなく、無秩序で、空白は一拍すらない。

こんなところにいれば、頭がおかしくなってしまう。

少女はふるふると頭を振ると、思わず立ち止まってしまった事すら惜しむように脚を早めた。

目的地は、大丈夫、わかっている。わかっている、はずだ。

すぐにでも見付けられると思っていたが、この石の街では少し自信も失せるというもの。

だが気弱なところを表に出してはならぬ。彼女は唇《くみ》をぎゅっと引き締めた。

迷宮さながらの場所を行くのだ。弱気は禁物《きんもつ》。与し易《やす》いと思われてはならぬ。

幸いにして覚悟したほどの時はかからず、夕暮れには彼女は目的地に辿《たど》り着く事ができた。

というのも、あらゆる通りには名前がついていて、その看板が掲げられていたからだ。

罠《わな》だろうか。あるいはこの街の住人は自分たちですら覚えられないのかもしれない。

だが、たとえ罠だとしても踏み入って踏み潰《つぶ》すのみである。

少女は目当ての建物、斧《おの》の看板が下がった酒場の前で立ち止まり、懐《ふところ》から紙片を取り出した。

折り目と角の擦《こす》れたそれは、何度も繰り返し広げられ、畳《たた》まれた、一枚の手紙である。

彼女はその文面をためつすがめつ眺《なが》め、何度も確認するように看板との間で視線を往復させた。

間違いは、ない。ここだ。

扉の用をなすとは思えぬ小さな両開きの扉が、少女の胸ほどの高さで揺れている。

入口から漏《も》れる音、光、喧騒《けんそう》、嗅《か》いだこともない香辛料やなにかの匂《にお》い。

それは少女の五感を圧倒し、踏み込む勇気を挫《くじ》けさせようと覆《おお》いかぶさってくるものだ。

だがしかし、これに負けてはいけない。それでは相手の思う壺《つぼ》だ。

彼女はぎゅっと拳《こぶし》を握りしめると、勢い込んでドカリと地面を蹴って、渦中《かちゅう》へと飛び込んだ。

やたら大きな音を立てて蝶番《ちょうつがい》を弾《はず》ませた客の姿に、またしても視線が突き刺さる。

だが少女はその全《すべ》てに研ぎ澄ませた刃のような目を向けてやり返し、好奇の目線を切り払う。

同時に店内を睥睨《へいげい》し――その時だけ、少女の張り詰めた顔に、ぱっと花が咲いた。

――相変わらず、お美しい。

艶《つや》やかな髪を無造作に束《たば》ねているようでいて、活発な雰囲気がまるで美しさを損なっていない。

その逞《たくま》しくも女性らしい豊満な肢体《したい》と比べると、自分の体格のなんとみすぼらしいことか。

真似《まね》をして髪を同じように括《くく》ってはいるものの、比べ物にならないと、そう思う。

何を言おう。何と声をかけよう。思考は空回《からまわ》りするが、焦《あせ》ってはいけない。

思わず声をあげて駆け寄りたくなるのをぐっと堪《こら》えて、少女は慎重に脚を進める。

おかげで木の床をぎしぎしときしませる最中に、少女はどうにか頰《ほお》を引き締める事ができた。

向こうはまだこちらに気がついていないようなのが、幸いであった。

だが、その安堵《あんど》も一瞬のこと。

彼《か》の人が身に纏《まと》うのは、あろうことか、下働きの者が身につけるような衣服ではないか。

頭に血が上りそうになるのを堪える事ができたのも、やはり一瞬でしかない。

あろうことか卓についた酔客が、馴《な》れ馴れしくも彼《か》の人に向けて手を伸ばしたのだ。

それを嫌がるように払い除《の》けたのを認めた時、少女はもはや我慢を忘れた。

がんと木の床に足跡を刻むが如《ごと》し踏み込みと共に、背に負うた大刀《だいとう》の柄《つか》に手をかける。

剣を抜き放つより僅《わず》かに早く、男の視線がこちらを見た。構わない。構うものか。

「姉上から離れろッ……!!」

ぶんと振り抜いた太刀筋《たちすじ》は、男の鼻先を通って卓を掠《かす》めた。

男の腕を断とうとしたにもかかわらず、男の体は既にそこにはなかったのだ。

なんという未熟だろう！　怒りと羞恥《しゅうち》で目尻に涙が滲《にじ》む。だが、それでも少女は吠《ほ》えた。

「姫様をどこにやった、この下郎め……ッ!!」

「あ？」

「お？」

そして重戦士と馬人《ケンタウロス》の女給は瞬《まばた》きをして顔を見合わせ、揃《そろ》って小首を傾《かし》げたのだった。

§

「……俺《おれ》は都市の冒険《シティアドベンチャー》が苦手なんだよ」

「そうか」

単刀直入な言葉だった。

ゴブリンスレイヤーの薄汚れた鉄兜《てつかぶと》が縦に揺れる。

ざわざわと騒然とした雰囲気の漂う冒険者ギルドにおいて、それだけが平素と同じだった。

冒険者ギルドの待合室。長椅子《ながいす》が並び、思い思いの雑多な装備をした冒険者たちがたむろする。

その全ての視線が向かっているのは、弱々しい有様《ありさま》でバツが悪い表情をする重戦士である。

彼のこんな佇《たたず》まいを見たことがある者は、彼の一党《パーティ》の仲間以外ではそうはいまい。

最初の冒険で大剣を壁に引っ掛けた時か、あるいは昇級を焦って過労で倒れた時程度。

少なくとも今回の原因が、彼の後ろで目を三角に吊り上《つあ》げて立つ女騎士にあるのは明白だ。

あるいは――そこからやや離れた所にいる、馬人の娘ら二人であろうか。

困ったような曖昧《あいまい》な表情の姉を守るように、小柄な馬人の娘が周囲を威嚇《いかく》して睨んでいる。

黒髪を結《ゆ》い、背には大刀と大弓、両手と四つ脚には具足。人の胴には薄手の革鎧。

「森人《エルフ》の方々にもちょっと似た装備ですね」

「あれは草原《くさはら》の民の武具でしょうや」

感心したように会話をする女神官と、その隣で長首を揺らす蜥蜴僧侶《リザードマン》。

もう少し前ならこの少女もわたわたと慌てていたろうに、今ではすっかり動じていない。

重戦士は恨めしい顔をゴブリンスレイヤーに向ける。純粋な娘に悪影響を及《およ》ぼしやがって。

「事情がわからん」

「俺だってわからん」

重戦士は溜息《ためいき》を吐《つ》いて、困り果てたようにうなだれる。

彼がわからないのであれば、当然ゴブリンスレイヤーにだとてわかるわけもない。

薄汚れた冒険者と、武具を取り上げられている冒険者。

銀等級と思えぬ二人が、黙って睨み合う。

その光景のあまりの生産性のなさに、とうとう女騎士が重戦士の後頭部を小突いた。

「貴様のせいだろうが」

「……どこに俺の責任があるんだ？」

「あの娘の姉と姫に手を出した責任だ」

「出してねえよ」と重戦士は呻《うめ》いた。「姉にも、姫さんとやらにも」

なに？　などと女騎士が睨んでくるので、重戦士は繰り返し、何度目かになる溜息を吐く。

酒場での刃傷沙汰《にんじょうざた》は、そう珍しくないとはいえ大事《おおごと》になるのは御免だ。

亭主に詫《わ》び代を払い、馬人の女給が妹を宥《なだ》めるのに任せて早々に退散。

ほとぼりを冷まして、翌朝。どうしたものかと思えば――これだ。

部屋に突入してきた女騎士に首根っこを摑《つか》まれて、ギルドまで引きずり出されて……。

「……姫を俺にどうやって探せって？」

重戦士に頼れるものといえば、このみすぼらしい戦士ただ一人なのだから、仕方がない。

上森人《ハイエルフ》の娘は心底愉快だといった風に笑っているし、鉱人道士《ドワーフ》は酒の肴《さかな》にしてくさる。

うちの会計係と子供らは、早々に犬も食わないような顔をして退散してしまった。

槍使いについて言えば――……。

――いや絶対に大笑いされるな。

最初から選択肢にはない。あの二人が冒険で留守にしてくれていて、大いに助かった。

「姫を探すのか」

「探しにきた、らしい」

「ふむ」

「剣の研《と》ぎが終わって、明日から冒険だって酒を飲んでただけだってのに」

「そうか」

ぼそぼそと呟《つぶや》くゴブリンスレイヤーに、重戦士は頷《うなず》き、そして同じ言葉を繰り返した。

「……俺は都市の冒険《シティアドベンチャー》が苦手なんだよ」

「そうか」

そしてまた鉄兜が縦に揺れ動き、大の男が二人してむっつりと黙り込む。

放っておいたら、この流れは未来永劫《みらいえいごう》、時の果つるまで続きそうな気配が漂っていた。

女騎士が、癇癪《かんしゃく》を起こした。

「ええい、会話が進まん……！」

誰か説明をしろと彼女が喚《わめ》いたせいでもあるまいが、馬人の女給は頃合《ころあ》いを見ていたらしい。

かつかつと蹄《ひづめ》を鳴らし、妹の手を引いて――というより妹が離れないのだが――歩み寄る。

「いや、ほんと、ウチの子がごめんなさいね？」

「姉上が謝る必要などありません！」

有無を言わさぬ勢いで、馬人の娘が剣を抜かんばかりの形相《ぎょうそう》で叫んだ。

「悪いのはこの男なのですから！」

「ほらみろ、お前が悪いそうだぞ」

女騎士に睨まれて、重戦士は天を振り仰《あお》いだ。至高神《しこうしん》の裁きがこれほど欲しい日はなかった。

だが彼の神は正義とは何ぞやということを、人々に委《ゆだ》ねている。これもまた試練か。

「ええと……」

と、代わりに救いの手を差し伸べてくれたのは、地母神《ちぼしん》であった。

「とりあえず、最初から順番に、ゆっくり事情を説明して頂けますか？」

女神官はおずおずと申し訳なさそうに、けれど一切《いっさい》の遠慮なく、馬人の娘に言葉をかける。

度重《たびかさ》なる冒険と経験は、彼女を順調に一端《いっぱし》の冒険者へと成長させているらしかった。

「ここで騒いでは、人の迷惑になりますから……」

とはいえ、やはりそれは重戦士へと差し伸べられた慈悲深さではなかったのだけれど。

女神官がちらりと目配《めくば》せを交わした先は、冒険者ギルドの受付だ。

見れば帳場では受付嬢が手に鍵《かぎ》を持ち、これまでに見たこともないような笑顔。

「ええ。こちらでお願いできますか？」

丁寧な言葉というのは、時として有無を言わせぬほどの圧力を伴うものだ。

そして重戦士が手を伸ばすよりも早く、さっと女騎士が先んじて動いていた。

「うむ、すまんな、助かる」

「いえいえ。何かお役に立てる事があれば、いつでも仰《おっしゃ》ってくださいね」

受付嬢の手から女騎士の手へ、恭《うやうや》しく応接室の鍵が献上される。

「さあ、二階へ行くぞ。この不届き者めが」

勝ち誇った様子の女騎士が、有無を言わさぬ圧力でもって重戦士の腕を摑む。

至高神からの天罰もないという事は、これはその御心《みこころ》に沿った行いのようで――――……。

――どうやら孤立無援らしいな。

重戦士は処刑場に連行される囚人のような面持《おもも》ちで、大真面目《おおまじめ》に頷いたのだった。

§

「で、どういう事なのよ」

「どういう事なんだ」

瞳《ひとみ》を輝かせた妖精弓手《エルフ》と、射殺すような目の女騎士。重戦士は諦《あきら》めて長椅子に身を沈ませた。

冒険者ギルド二階の応接室は、決して狭い部屋ではない。

だがその部屋も流石《さすが》に馬人が二人、蜥蜴人《リザードマン》が一人入れば、圧迫感を覚えるというものだ。

只人《ヒューム》造りの応接室は、いくら多種族の集《つど》う冒険者ギルドでも、馬人を想定してはいない。

というより、馬人を想定すると、今度は逆に只人には居づらくなるためだが。

「いやあ、はは……。なんか、ホント、ごめんなさいね？」

「なんの、ごゆるりとされよ。巻き込まれただけでありましょうしな」

居心地悪げに脚を折り畳む馬人の女給へ、蜥蜴僧侶が紳士的な態度で鷹揚《おうよう》に頷く。

そんな蜥蜴僧侶にさえギラギラとした目を向けるのが、姉から離れぬ馬人の娘だ。

姉と一晩過ごして誤解が解けたかと思えばそんな事もないらしい。

多勢に無勢《ぶぜい》でも構うことなく背中の大刀を抜かんという、心構えが見て取れた。

彼女にしてみればこの場は敵地、その渦中にほかならないのだろう。

「昨夜も姫様がいなくなったから探しにきた、の一点張りでさ……」

馬人の女給も処置なしといった様子で、ほとほと困り果ててしまっている。

ふうむ。話を聞いていた鉱人道士が、ちょいと一杯引っ掛けてから問うた。

「姫様ってのは、おたくンとこのか？」

「俺に聞かんでくれ」

「うん、そう。こう――……」

と、馬人の女給は身振り手振りで、自分の前髪から額《ひたい》、鼻筋にかけてを大きく指でなぞった。

「前髪に一筋、白い髪が流れてて、銀の星みたいな子でね。綺麗《きれい》で格好良い子だったな」

「で、その姫様がいなくなったわけか」

「お転婆《てんば》な人ではあったけど、まあ、あたしもあんまり人のこと言えないね」

あはは、と。馬人の女給は笑うが、彼女の明るさを以《もっ》てしても空気を和《やわ》らげるには至らない。

女騎士は「さあ吐け」などと重戦士に詰め寄っているが、これは重戦士とは無関係だろう。

少なくとも他の冒険者はそう思って――ゴブリンスレイヤーはわからないが――頷き合う。

事情を知っているのは、この場に唯《ただ》一人きり。

妖精弓手が、その星の煌《きら》めく瞳を、馬人の娘に向けた。

「じゃあ、あなたに聞くしか――……」

「……ッ」

「ないんだけどねぇ……」

鋭い目つきで睨まれた妖精弓手は苦笑して、処置なしとばかりにひらひらとその手を振る。

上の森人に対してもこれというのだから、その気骨はなかなかのものだと言えるだろう。

しかしこれでは話がまるで進まない。進まなければ埒《らち》も明かない。

さてどうしたものかと、思案《しあん》したところで――……。

す、と。自然な動作で馬人の娘の前に、女神官が跪《ひざまず》いた。

絨毯《じゅうたん》の上に膝《ひざ》を折って座っていた娘も、目線を合わせられれば「う」と一瞬たじろぐ。

「お姫様の事が心配で。けれど、お一人ではどうして良いかわからないのですよね」

「……」

「……ですよね」

無言を肯定と受け取ったか、女神官は小さく頷いて、そして微笑《ほほえ》んだ。

そうでなくば、わざわざ姉を訪ねて、不慣れな人里まで出てくる事はないものだ。

大丈夫ですよとは、彼女は言わなかった。

かわりに「ね」と囁《ささや》いて、そっと、馬人の娘の固く握りしめた手の上に掌《てのひら》を重ねた。

「お話を聞かせてくれませんか？　わたしたちが、なにかお手伝いできるかもしれません」

「…………」

少女は黙ったまま、間近に迫った青い瞳を睨みつけ、やがて渋々と口を開いた。

「……何ができるというのだ」

「そうですねぇ……」

女神官は唇に細い指先を当て、少しおどけたように考え込む素振りを見せた。

「少なくともお話を聞いて、一緒に『どうしましょうか』と考える事はできますよ」

「…………」

やはり、馬人の少女は押し黙ったままだった。

彼女は辛抱強く少女の返事を待つ女神官を見やり、それから傍《かたわ》らに侍《はべ》る姉を見やった。

馬人の女給は「話してごらん」と促すように、少女の頬を撫《な》で、それから首筋を軽く擦《さす》った。

少女の頭上で落ち着かなさげにせわしなく揺れ動いていた耳が、やがて、ぺたりと倒れた。

「……わかった、話す」

諦めか、それとも決意だろうか。少女はぎゅっと拳を握ると唇を真一文字《まいちもんじ》に結んだ。

彼女はそうして数瞬ほど沈黙して考え込むと、やがて訥々《とつとつ》と、こう切り出した。

「…………姫様が、冒険者になると言って部族《ウルス》から旅立ち、音沙汰がしれぬのだ」

「珍しくもない話だな」

ふん。小さく鼻を鳴らしたのは、重戦士へと詰め寄ったままの女騎士だった。

彼女は重戦士の襟首《えりくび》を掴んで絞り上げたまま、どこか感慨深いような口ぶりである。

その理由に気づいたらしいのは女神官一人だけで、彼女は目を細めていたが。

「そちらの事は知らないが、こちらではそう滅多《めった》にあることじゃあない」

馬人の少女は、そう言ってきっぱりと首を左右に振った。

頭上の長耳、括った髪、背の大刀と大弓とが、揃って微《かす》かに揺れ動く。

「それに姫様は一人ではなかった。姫様を誘った、冒険者がいたんだ」

「それがこいつか？」

女騎士が襟首を吊り上げたことで、重戦士の口から漏れたのは蛙《かえる》の潰れたような音だった。

馬人の娘はそんな彼の姿をまじまじと見据えた後、極《きわ》めて断定的な口ぶりで言い切る。

「大剣を背負った冒険者だった」

「ほらみたことか！」

「何がみたことか、だよ」

いい加減放せ。重戦士が強引に女騎士の腕を取り、軽く捻《ひね》る。

それは体術の基本で、自然と手指は開いてしまうものだ。

「む」と女騎士が唸《うな》るのをよそに、重戦士は喉首《のどくび》を擦りながらうんざりとして言った。

「こんな身なりの冒険者なんざ、いくらもいるだろ？」

それで濡衣《ぬれぎぬ》を着せられたのではたまらないと、重戦士が頬杖《ほおづえ》を突いて呻く。

「鉄塊まがいのだんびら背負った手合《てあい》なんざ、珍しくもない」

「叙事詩に曰《いわ》く、黒い剣士以来の伝統だものな」

銀等級の冒険者の珍しい気落ち姿に、鉱人道士が混ぜっ返すように言って笑った。

昨今の流行《はや》りでは黒い剣士といえば細身の二刀流の美男子らしく、時代も移ろうものだ。

だが、この男とても、かの黒い剣士の足跡を辿らんとした者の一人である事は変わりない。

あの伝説に心躍らせ、結末を知ろうと、どれほど多くの冒険者がその背中を追っただろうか。

今となっては、もはや余人には知る由《よし》もあるまい。

決して届かぬと思い知らされた重戦士は、それでも黙して前を見据えていた。

どれほど拙《つたな》く、未熟であっても、冒険者である以上、そうするより他ないのだから。

「兜をかぶればいいのよ。オルクボルグみたいに」

意図してか否《いな》か、妖精弓手が鉱人道士に続いて茶々を入れてくる。

ともすれば馬人の娘の悲壮感に圧《お》され、沈み込んでしまいそうな応接間の空気である。

そこにあって彼女の底抜けの明るさは、部屋に流れ込む一筋の風のような爽《さわ》やかさがある。

貴人としての振る舞いなのか、あるいは上の森人としての生来のものなのだろうか。

いずれにせよ彼女は典雅《てんが》極まりない仕草で、人差し指でもってくるりと虚空《こくう》に円を描く。

「そうすれば、まあ、人違いってことはないでしょ」

「俺も兜を覚えてもらえと言われた」

ゴブリンスレイヤーが朴訥《ぼくとつ》とした調子で呟くのに、重戦士は「そうかい」と応じた。

この男の言葉はなかなかに含蓄《がんちく》があるのだが、今は物の役にも立つまい。

むしろ今この場で頼りとすべきは、困ったような曖昧な表情の、神官の少女であろう。

数年前であればおろおろと慌てていただろうに、今となってはずいぶんと立派になったものだ。

――知らぬは本人ばかりなり、なんだろうなぁ。

自分の一党《パーティ》の子供らを思えば、多少なり厳しくしてやった方が良いのかもしれない。

ともあれ、重戦士は目線で「話を進めてくれ」と頼むと、彼女は「はい」と頷いた。

「それだけなら、別にどうという事も……ないと思うのですけれど」

もちろん飛び出した姫様を連れ戻すとかなら、ともかくとしてだが。

しかしもし自分がそのために人々を動かす立場であれば、この娘だけに任せはしまい。

──冒険者を雇《やと》う、ですか。

いつかの王妹《おうまい》の騒動を思えば、任された立場として、面映《おもは》ゆい思いのする思考ではあった。

ともあれ、この場でそんな気持ちを表に出すほど、女神官は浅はかな性質ではない。

真剣な面持ちのまま、促されるようにして馬人の娘は深刻な口ぶりで言った。

「それっきり音沙汰がないんだ」

「それは……」

失敗したのではないか。

やはり、女神官はそれを口にするような事は決してしなかったけれど。

冒険者とは危険を冒すからこその冒険者である。死の危険のない冒険などない。

安心安全で楽に一攫千金《いっかくせんきん》できるような仕事であれば、誰が冒険者なぞに頼むだろうか。

竜退治であれ、下水道の掃除であれ、小鬼の退治であれ、危険は伴う。

その危険には大小があって──やはり小鬼とは、もっとも脅威の低い怪物ではあるのだが。

「姫様は武芸に長《た》けた御仁《ごじん》だ。そうそう後れを取ったりなどするものか……!」

そんな女神官の気持ちを汲《く》み取ったか、馬人の娘は反射的に、叫ぶような声をあげていた。

「第一、冒険に出る出ないではない。街に着いたら手紙を出すと言った、それすらないのだ！」

「……そうなると、やはりちょっと話がおかしいですね」

広野はもちろん、四方世界《しほうせかい》全体は冒険と脅威、宿命と偶然に満ち満ちているものだ。

道をゆけば竜と遭遇する故事を持ち出すまでもなく、運悪く怪物と遭遇する事は起こりうる。

だがしかし、冒険者の一党《パーティ》と共に街へ向かった、冒険者志望の娘。

それがどこに助けを求める事もなく、一切の痕跡《こんせき》すら残さず、消え失せてしまったとしたら。

――これは、なかなかの冒険になりそうですね。

怪物の仕業《しわざ》であれ、人の仕業であれ、小鬼退治とはきっと比較にもならないだろう。

女神官はそう考え、せめても単なる家出の類《たぐい》であれば良いなと、願わずにはいられなかった。

そしてそうであったならば、ご家族との仲が上手《うま》く行くことを望むよりほかにはない。

常に共に仲良くあることだけが幸いではないが、別れるにしてもより良い方法はあるものだ。

「しかし長女が家を飛び出しても構わんのかの、馬人は？」

やはりお前が誑《たぶら》かしたのではないかと重戦士に詰め寄る女騎士。

二人のやりとりを肴にしていた鉱人道士が、ふと気にかかったというように口にする。

「あんたも、その姫様とやらも」

「だって一番末の子が相続する決まりだもん」

「姫様も、妹君がお生まれになったので、後顧《こうこ》の憂《うれ》いなく出立なさったのだ」

馬人の女給の答えはあっけらかんとしたもので、その妹からの答えもきっぱりとしたものだ。

「ほう」と驚く鉱人道士に、馬人の女給は「血統は重なった後の方が、強い子だし」と言う。

「まあ別に、それだけで全部決まるわけじゃないけど。ウチら《ウルス》はそう考えてるのよね」

「風俗も色々でありますなぁ」

など呑気《のんき》に言うのは蜥蜴僧侶なのだが、「あなたが言う？」と妖精弓手は苦笑い。

「お嫁さん攫《さら》ってくるとか、そういうのはちょっとどうかと思うんだけど？」

「何を仰る」蜥蜴僧侶は愉快げに目を回し、牙《きば》を剝《む》いて見せた。「馬人もそうだと聞きますぞ」

「……ホント？」

「うむ！」と馬人の娘は自信たっぷりに言って、引き締まった胸元《むなもと》を誇らしげに反《そ》らした。

「優れた伴侶《はんりょ》を手に入れて血を強く強く練り上げてこそ、一族の繁栄と勝利に繫《つな》がるのだ」

「……つまり、末っ子のこの娘が、あたしの家の跡取りなわけよ」

何してんのこのお馬鹿と姉に小突かれ、少女は額を押さえ「しかし！」と威勢よく言い返す。

「ですが姉上、私はもう立派な戦士《バートル》です」

などと馬玲姫《バートル》は主張するのだが、それと末子である事は関係がない。

姉にもう一度「お馬鹿」と額を小突かれて、馬玲姫は「痛い！」と今度こそ声をあげた。

女騎士と重戦士もやいのやいのと言い合っているし、蜥蜴僧侶と妖精弓手もまた同じ。

そして言うまでもなく、鉱人道士は止める気配がない。

先の沈鬱《ちんうつ》な空気はどこへやら、一転して応接室の中は賑《にぎ》やかに、騒々しくなる。

それを眺めて、今まで黙り込んでいたゴブリンスレイヤーが、ぼそりと言った。

「……手慣れたものだ」

「はい」とやはり皆の様子を見つめていた女神官が、どこか誇らしげに頷いた。

「うちに預けられたばかりの子って、皆あんな感じで、緊張していますし。それに……」

――入り江《ヴィーキング》の民の方々よりは怖くないので。

女神官はそう冗談めかして付け加えた。それは真実だったが、けれど全てでもなかった。

――たぶん。

お姫様が理由はともかくいなくなり、心配で飛び出して、けれど頼れるものがない。

その気持ちは――女神官も、わからないではなかったのだ。

誰一人知る顔のない寺院で、この四方世界に己《おのれ》はたった一人しかいないのだと悟らされる。

あるいは――傷ついた仲間を支えて、仲間の悲鳴を後に残して、薄暗い洞窟《どうくつ》の中を這《は》い回る。

その時の心細さと、不安は、痛いほどわかるつもりでいるのだ。

「そうか」

ゴブリンスレイヤーはそれ以上何も言わなかった。

彼はしばし黙り込んで、彼の仲間たちや友人らが繰り広げる騒動を眺めていた。

隣にちょこんと座った女神官は、そういう時、彼が何事か考えているのだと知っていた。

薄汚れた鉄兜を下から見上げても、その庇《ひさし》の奥までは見通せなかったけれど。

ややあって。

「……ゴブリンは関係あるまいが」

のっそりと頭を持ち上げた彼の低く重々しい言葉に、一同の視線が集まった。

ゴブリンスレイヤーの鉄兜は、女騎士に摑みかかられている重戦士に向いていた。

「お前には借りがあるからな」

「むしろ、これは貸しにしておいてくれ」

再び強引に女騎士の腕を振り払い、首筋を擦りながら、重戦士は口元を吊り上げて笑った。

「いずれ返す」

「よかろう」ゴブリンスレイヤーは頷いた。「酒の一杯でも奢《おご》ってもらうのが相場だったな」

そして少し思案してから、その鉄兜をゆるく斜めに傾《かたむ》けた。

「しかし、何故《なぜ》俺なのだ？」

「腕っこきの斥候《スカウト》は他にいないからな」

「……」

ゴブリンスレイヤーは言った。

「……俺は、戦士のつもりでいるのだが」

たまりかねて吹き出した妖精弓手を、馬玲姫はきょとんとした顔で見やった。

§

「あらまあ、大変ですね！」

受付嬢はそう言ったが、何も他人事《ひとごと》ではなく、本当に大変な案件ではあった。

――冒険者が人を攫うだなんて。

問題だ。大問題だ。責任問題だ。どこまで波及するかわかったものじゃあない。

なにしろ無頼漢《ぶらいかん》まがいの冒険者を、無頼漢ではないと証明するのが冒険者ギルドの存在意義だ。

そうでなければわざわざ国が職業組合《ギルド》など設立しまい。

人攫《ひとさら》いに身分保障を与えたとなれば、これはもう、大変な事である。

彼方《かなた》より来たりて此方《こなた》の事情を知らぬ冒険者、であればまだ良いのだが――……。

――いえいえ。

実際に人がいなくなっているのだから、どうであれ、無事以上に良い事などありはしまい。

「とりあえず、ここ数日で馬人の新人冒険者さんはいらしていないので……」

「そうか」

馬人というのは目立つものだ。訪れればただそれだけで話題になる。

資料をめくりながらそう伝えると、ゴブリンスレイヤーは短く言って、頷いた。

「では、この街ではない、と見て良いか？」

「少なくとも冒険者として登録したなら、ですけれど」

だが、この街だとてさほど大きな街ではない。

馬人の娘の言うことだが、額に銀の髪が一房あるという、特徴的な馬人の姫だ。

街にやってきていれば目立たないという事はあるまい。となれば――……。

「都まで行ったとも思えませんし、可能性としては……」

「水の街か」

「そうなりますね」

受付嬢はそう言って、こくりと頷いた。

もちろん、点在する辺境の村々、開拓地などでも冒険者は必要とされるものだ。

しかし馬人の娘が憧《あこが》れ、冒険者を志して向かう先と考えれば、候補は絞られてくる。

――偏見かもしれませんが――……。

草原を放浪して生きる馬人の部族の娘が、開拓地の暮らしに憧れるとは思えないからだ。

「とはいえ確認もせずに断言はできませんので、一応、冒険記録紙の方を検《あらた》めてみますね」

そうして立ち上がった受付嬢は少し考えてから、付け加えた。

「件《くだん》の大剣を担《かつ》いでいるという冒険者についても、確認してみます」

「頼む」

はい。受付嬢はにっこりと微笑むと、瀟洒《しょうしゃ》な仕草を崩さぬまま、小走りで帳場の裏へ向かう。

ちょうど休憩中なのかサボタージュ中なのか、焼き菓子を頬張《ほおば》っていた同僚が顔を上げた。

「なに、トラブル？」

「冒険者と街まで同行したという方が、行方《ゆくえ》知れずになったようで……」

「うげ」

至高神の信徒、あるいは冒険者ギルドの職員にあるまじき悲鳴が漏れた。

立場や状況が許すのであれば受付嬢とても同じ声をあげたいものだが、仕方ない。

監督官は残った焼き菓子を一口に頬張って紅茶で飲み込むと、うんざり顔を隠さずに言った。

「……先輩に知られたらえらいことだよ」

「知られなくても、ですよ」

「それはそう」

冗談でも言ってなければやってられない、というか。

ともかく菓子のクズを払って立ち上がってくれた友人に感謝。

二人がかりでここ最近活動のあった冒険者の記録紙を引っ張り出し、頁《ページ》をめくっていく。

馬人の冒険者も、大剣を担いだ冒険者も、決して一般的とはいえぬ存在だ。

――まあ――……。

だんびらを振り回したがる冒険者さんは、決して少なくないのですけれど。

格好良いとか、見栄えが良いとか、強そうだとか……理由は色々あるのだろう。

男性のみならず女性にもいるあたり、至高神の威光は偉大というか何というか。

六英雄《オールスターズ》の一人にいた戦士を、異邦の傭兵《ようへい》、赤毛の大剣使いとしている歌もあったっけか。

──もっとも、その人は黒髪の女性だったそうですが、と──……。

「ん、ダメだね」

文字を辿る目と手指と脳は、益体《やくたい》のない思考とは切り離して動くものだ。

はたと顔を上げた同僚の言葉に、受付嬢は「ですね」と短く頷いて帳簿を閉じた。

「やっぱり他の街でしょうか」

「だと思うよ」

監督官は頷き、背伸びして書類を棚に戻していく。

「事が事だけに一応ギルド長にも報告書上げないとだね、これは」

「お願いできますか？」と受付嬢は言った。至高神の神官という立場の方が、ここは強い。

「構わないけど、その馬人の女の子、《看破《センスライ》》にかけたいな」

ようやっと棚に書類を収めた監督官は、ふうふうと額の汗を拭《ぬぐ》って、真面目な顔で言った。

「疑ってるわけじゃないけど、確かめましたっていう事実は必要だから」

「わかっていますよ」

受付嬢はくすりと笑って、肩にかかる編髪を払った。

権威を振りかざして誰彼《だれかれ》構わず疑ってかかっているわけじゃないのは、百も承知。

同僚がそんな人物であったなら、きっと至高神様は奇跡をお授《さず》けにはならないだろう。

「ゴブリンスレイヤーさんに確認してみますが、たぶん大丈夫でしょう」

事実、そうなのであった。

ぱたぱたと独楽鼠《こまねずみ》のように小走りで戻った受付嬢の頼みに、彼は「そうか」と頷いた。

「俺からの頼みを聞くとは思わんが、神官の要望であれば問題はないだろう」

「ありがとうございます。案件が案件ですので、ギルドからの依頼になるよう調整はしますが」

というのは、仮にも銀等級の冒険者を無報酬で働かせないため、というのもある。

それに何より、冒険者ギルドの信用に関《かか》わる案件だ。調査依頼は、必要な事だった。

「さしあたって水の街への紹介状はご用意しますので、先方ではそれを見せてください」

「頼む」

――けれど。

てきぱきと書類を整え、彼と会話しながらも、受付嬢は顔が綻《ほころ》ぶのを抑えられなかった。

不謹慎なのはわかっている。それどころでないのは百も承知。

けれど――そう、けれど、だって、嬉《うれ》しいではないか。

「変わりましたね、ゴブリンスレイヤーさん」

「何がだ」

「だって」

受付嬢は我が事のように緩《ゆる》む頬を隠すため、書類を抱きしめ、その端で口元を覆った。

「ゴブリン以外の冒険、乗り気じゃあないですか」

「……」

――立派な冒険者さんですね。

そう言われたゴブリンスレイヤーは、むっつりと押し黙った。そして、短く唸った。

「……そんなつもりも、ないのだが」

§

「そのような事をせずとも私の言葉が真実である事は、私が知っていれば十分だ」

「でも、もっと大勢の人に知ってもらった方が、きっとお姫様を探すのに役立ちますよ?」

「む……」

「一人でもできる事なら、皆でやればもっと早くできるという事ですし!」

「……むう……」

神官様がそう仰るのなら、と。馬玲姫はぺたりと耳を倒して、しおらしく頷いた。

どうやら彼女の相手は女神官に任せておいて、それで問題ないらしかった。

待合室に戻ったゴブリンスレイヤーを待っていたのはそのような光景である。

対応を任せた判断が間違いないという事は、素直に喜ばしいことであった。

「蜥蜴人や鉱人《ドワーフ》や、彷徨う鎧《リビングメイル》だと怖がらせちゃうものね」

微笑ましいものでも眺めるように脚を揺らしていた妖精弓手が、猫のように目を細めて言う。

「上の森人まで睨みつけるとは、恐れ知らずの馬人さまだこと」

自らの振る舞いを揶揄《やゆ》されるような言葉に、馬玲姫は「む」と唇を尖《とが》らせ、鋭く睨みつけた。

「森人というのは人を誑かして森で迷わせ、樹上から礫《つぶて》を投げる油断ならぬ奴《やつ》らと聞いている」

「それ、なんか別の妖精《フェアリー》かなんかじゃないの？」

妖精弓手はげんなりした表情を見せつつも、けらけらと笑って手を振った。

「ま、良いわ。依頼が出る。それを受けた。それなら後は冒険者に任せなさいって」

「信用したわけではない」と馬人の少女はむっつりと言った。「私も同行する」

「うちの跡取り様は何をわがまま言ってるの」

ごんと鈍い音がするほどに頭をひっぱたかれて、馬玲姫は「痛い！」と額を押さえてうずくまる。

馬人の女給はふんすと鼻息も荒く妹を睨みつけていたが、即座にその表情を緩めた。

内に対する態度と外に対する礼節を切り替えられるのは、彼女の性格と経験によるものか。

「……まあこの子が言い出したら聞かないのも知っているので、すみませんが——……」

恭しく頭を下げた女給の礼に、蜥蜴僧侶が大仰な身振り手振りでそれを受け入れる。

時としてこのような尊大な態度こそが、相手の気持ちを汲み取っている事もあるものだ。

妹を託された冒険者が、自信なく謙遜《けんそん》などしていては、不安を抱かせるだけであろうから。

「拙僧《せっそう》らにできうる限りの事はしましょうぞ。ご安心召されよ」

「ええ、姫様の事も心配ですし。共々、よろしくお願いします」

ほらあんたも。そう姉に促された馬玲姫は、渋々といった様子で、鈍い動きで頭《こうべ》を垂《た》れた。

「よろしくお願いする」という声には不満さと、それで隠しきれぬ素直さが滲み出ている。

こら、と怒る姉。ちゃんと言いましたといじらしく反論する妹。騒がしい姉妹《しまい》のやりとり。

ゴブリンスレイヤーは、黙ってその光景を眺めていた。

彼は何も言わなかったし、言おうともしなかった。普段のように、低く唸る事もなかった。

彼が鉄兜の下でどのような顔をしているのか、一党《パーティ》の誰もわかるまい。

「で、かみきり丸や。どうすんだ」

だから彼が反応したのは、鉱人道士が自然なタイミングで一声かけた、その時だった。

「む……」と、今気づいたような声を漏らした彼は、鉄兜を揺らした。「どうするとは」

「今後の予定だの」

「ああ……」

考えていなかったわけでもなかろうが、ゴブリンスレイヤーは思案するように腕を組んだ。

行方不明の姫君。それを攫ったかもしれぬ冒険者。場所は水の街。

いなくなってから便りが届かず、この馬人の娘が行動を起こすまでの日数。

致命的な事態になっているのなら、もう手遅れなほどの時間が経《た》っていると見て良かった。

だが、そうでないとするならば。

「なるべく急ぐべきだが、今から徒歩《かち》で行くよりは明日の乗合馬車の方が早かろう」

「だの。糧秣《りょうまつ》だのはいらんだろが、水の街の支部への紹介状とかは貰《もろ》うたんだったか」

「うむ」とゴブリンスレイヤーが頷いた。「それにあの街には、知り合いもいる。どうにでもなろう」

「大司教《アークビショップ》様だの」と鉱人道士も応じた。「それにあの娘っ子。商《あきな》いは上手くやっとると良いのだが」

「最近は王宮の方に出ずっぱりだそうですよ」

我が事のように喜ばしく語る女神官に続き、妖精弓手が「忙しそうよね」と長耳を揺らした。

「只人ってどうしてあんなにお金を集めたがるのかしら。あんなの丸い金属じゃないの」

「自分で拵《こしら》えられんでも旨い酒が飲めて、旨い飯が食えるのも、ひとえに金の力よ」

鉱人道士が訳知り顔で頷いて、腰の瓢簞《ひょうたん》からぐいと火酒を呷《あお》った。

「自分一人じゃ無理でも金がありゃあ何とかなる。理《ことわり》がわかりゃ、便利なもんだわ」

「そんなもんかな」

「お前さんだって」

鉱人道士はねめつけるように妖精弓手を見やった。

「金があるから無駄遣いして遊んでられるんだろが」

「まあ、それはそうだけど。……いや無駄じゃないわよ」

そこを言われると長い耳でも痛いのか、妖精弓手は曖昧な様子で、その諫言《かんげん》を払い除けた。

「……交鈔《こうしょう》の話か」

と、姉の説教から逃れる口実を見つけたか、酷く生真面目《きまじめ》な顔をして馬玲姫が蹄を鳴らした。

「不本意ながら、手伝ってもらうという事になったしな。支払うのは吝《やぶさ》かではないぞ」

あるいはむしろ、姉の前だからこそ立派な一人前であるところを見せたいのだろうか。

彼女は傍らの馬人の女給が苦笑するのも構わず、荷物の中から財布を引っ張り出した。

「いくらだ。これで足りるか？」

そうして馬玲姫が自信満々に取り出したそれを、鉱人道士は指先で摘《つ》まみ、目を見開いた。

「お前こら――……」

それは一枚の札だった。

なにかの草――「桑《くわ》の皮ね」と横から覗《のぞ》き込んだ妖精弓手が言う――で拵えた、紙の札。

墨で何やら複雑精緻《せいち》な紋様と文字が幾重《いくえ》にも絡《から》まって描かれてはいて、見事ではある。

が、しかし、それ以上ではない。

妖精弓手はわかっていないが、女神官ですら「え、っと」と困惑を隠せないのだから相当だ。

馬玲姫は周囲の不審げな態度に、苛立《いらだ》たしげに尾を振った。

「なに、足りんのか?」

「つーか使えんわ。そら、できの良い紙にゃあ相応の価値はあっけどもよ」

太い指先で紙を摘まんだ鉱人道士が、その札を灯に透かすようにして眺め、首を横に振った。

「紙は金でもなけりゃ銀でもなかろ」

「……ええい、野蛮人め」

馬玲姫は忌々《いまいま》しげに吐き捨てて、ひったくるようにしてその紙の札を取り返す。

見かねた馬人の女給が姉らしく「仕方ないわね」と口を開こうとしたのを——……。

「構わん」

ゴブリンスレイヤーは、一言で押し留めた。

「報酬は既に約束されているし、それ以上もらうつもりもない」

「……良いんですか?」

「構わんといった」

馬人の女給がそう言うのに、ゴブリンスレイヤーは重ねて言った。

そして彼は彼女や、馬玲姫がなにか言うよりも早く一同を睥睨し、言葉を続けた。

「いずれにせよ出立は明日だ。各々《おのおの》、準備をしておけ」

§

——まるで頭目《リーダー》のような口ぶりではないか。

冒険者ギルドを出て家路についたゴブリンスレイヤーは、内心、忌々しげに吐き捨てた。

赤黒い夕日が投げかけてくる日差《ひざ》しで、橙色《だいだいいろ》に染まった町並み。牧場へと続く道。

幾度となく見た景色、行き交う人々の狭間《はざま》を、彼はずかずかと無造作な足取りで進む。

良い気になっているような自分がどこかにいて、それが酷く不愉快だった。

冒険者。

そう見られて、浮足《うきあし》立っているのではあるまいか。

——足元が疎《おろそ》かになる。

自分が優秀だなどとは、努々《ゆめゆめ》思わぬ事だ。

出来得る限り精一杯の事をし続けて、ようやくこの程度だ、と思うべきだ。

他人を軽んじるわけでもなく、人を羨《うらや》むわけでもなく、純然たる事実として、そうなのだ。

だと言うのに——先の言葉に対して、誰も何も言わなかったのが、居心地が悪かった。

自分を置いていくようにして、周囲の認識が移ろっていく。

彼らが見ているのは、本当に『自分』なのだろうか。

たまさか数年ばかり騙《だま》しおおせただけで、すぐにバレてしまうのではあるまいか。

自分などというのは、目の前の事柄に手一杯で、それをこなしていく事に必死なのに。

——ふむ。

つまり自分は、たいした者だと、そう思われたがっているのだろうか？

馬鹿馬鹿《ばかばか》しいことだった。

実に、馬鹿馬鹿しいことではないか。

このような事で悩んでいるという事実そのものが、愚かの極みだ。

「……難しいものだ」

馬人の姫を探すなどという依頼は、自分にはまったく不釣り合いだろう。

思えば——……。

——ここの所、そういった案件が続いているな。

迷宮探検競技にせよ、北方への探索行にせよ、だ。遡《さかのぼ》れば廃都地下の探索もそうだろう。

——これが終わったなら、しばらくは小鬼退治に注力しよう。

小鬼退治は——小鬼に限った話ではなく全ての冒険は——決して楽なものではない。

だが重戦士が都市探索に向かぬのと同様、向き不向きというものはある。

その点、ゴブリン退治は良い。

どこに何があり、次の瞬間に何が起こるのか。悩む事はなく、わからない事の方が少ない。

小鬼の巣穴は彼にとって慣れ親しんだ場所だった。故郷のようなものだった。

——考えてみれば。

もうあの村で過ごした時間より、小鬼の巣穴で過ごした時間の方が長いのだ。

その事に気がついた時、兜の下で唇の端がひきつって、歪《いびつ》な笑みが浮かんだ。

生きるということは、ただそれだけで、ままならないものだ。

「……戻ったのか」

夕闇《ゆうやみ》の中、不意に声をかけられて、ゴブリンスレイヤーは立ち止まった。

赤黒い日差しの中、切り取られたように浮かび上がる輪郭《りんかく》は、牧場主のものだ。

ゴブリンスレイヤーは少し考えた後に「はい」と短く呟くことで、その呼びかけに応《こた》えた。

「次の冒険をどうしたものかと、考えていました」

そして聞かれたわけでもないのに、言い訳がましく、そんな事を付け加えた。

野良《のら》仕事の最中だったか、牧場主は手にした農具で意味もなく干草を突き回す。

そして息を吐くと、ひどく億劫《おっくう》そうな素振りでもって、三叉《さんさ》を肩に担いだ。

「また、ゴブリン退治か」

「いえ」

ゴブリンスレイヤーは、何と言ったものか。少し考えてから、首を横に振った。

「どうやら、違うようです」

人を探してくれと頼まれたのです。彼は短くそう付け加えた。

それ以上の事は言わなかった。いや、言えなかった。どう説明したものか、わからない。

自分がまるで一廉《ひとかど》の冒険者同様、馬人の姫を探す事になったのだ、などとは。

大恩あるこの人がそうするとは思わないが、笑い飛ばされるものと、相場が決まっている。

「……そうか」

しかし牧場主は、どこか安堵したような様子で息を漏らした。

ゴブリンスレイヤーには、彼がそんな顔をする理由は、わからなかったが。

「難しい、仕事なのか？」

「まだ、何とも言えません」

希望的観測をすれば、だ。その事を、彼はあえて口に出す気もなかった。

馬人の姫君が単に家出をして、あるいは手紙を出し忘れて、水の街で冒険者をしている。

その可能性は未《いま》だゼロではないのだから、確かめねば何とも言えまい。

馬玲姫に言わせれば、姫君はそのような不義理をしない、との事だが――……。

――わからんものだ。

一つ一つ可能性を突き詰めて、検証していかねば、どうにもなるまい。

「ただ、近隣にはいないようなので、水の街まで行く事になりそうです」

「そうか……」

牧場主とゴブリンスレイヤーは、並んで歩き出した。

母屋《おもや》までは、さほどの距離ではない。

牧場主は農具を納屋《なや》――彼が占拠していない方だ――にしまいに行くのだろう。

会話は、そう長くは続かないように思えた。

「夏が終わると忙しくなる。それまでに戻ってきてくれると、助かるんだが」

「はい」

とぼとぼと歩きながら、彼は親に手伝いを言いつけられた子供のように頷いた。

玄人《くろうと》を前にして慣れたとは言いづらいものだが――牧場の仕事も、心得てはいる。

考える事なく体を動かすのは、彼にとっては楽な事だった。

常に頭を働かせねば人には追いつけないのだ。そうでない仕事は、きっと向いている。

「善処します」

「……ああ、いや」

その応えを、牧場主はどう受け取ったのだろうか。

「別にそちらの仕事を急いでやれ、と……言うつもりは、ないんだ」

母屋の扉を前にして、恐らく煙突の煙の源《みなもと》、料理をする牛飼娘に声が届かぬ場所。

そこで立ち止まった牧場主は、ゴブリンスレイヤーの鉄兜を見やった。

そして噛《か》んで含めるように、訥々と彼に言葉を紡《つむ》いだ。

「仕事は、仕事だ。頼まれて、引き受けたのだろう？」

「はい」

「だったら、きちんとやりなさい」

ゴブリンスレイヤーは、鉄兜の庇を通して彼を見た。

真《ま》っ直《す》ぐな視線だった。鎧など貫いて、突き刺さるようだった。

「手抜きは、目に見えるからな」

「……はい」

土にまみれて傷だらけで、分厚い掌がゴブリンスレイヤーの革鎧を軽く叩《たた》いた。

ゴブリンスレイヤーは倉庫に向かって歩いていく、年老いた男の背中を見送った。

そして叩かれた肩当てのところについた土汚れに、軽く手を触れた。

自分の手は、あんな風にはきっとならないだろうと、そう思った。

§

「じゃあ、また出かけるんだ？」

「そうなる」

背後、食卓についているはずの彼は、そう言ってこっくりと鉄兜を揺らしたに違いない。

夕餉《ゆうげ》の支度《したく》が整うまでの僅かな時間。牛飼娘は、彼と二人きりのこの時間が好きだった。

——まあ、伯父さんが気を使ってくれているんだろうけれど……。

それを考えると恥ずかしいやら照れくさいやらなので、努めて考えないようにする。

かまどでぐるぐると意味もなくかき混ぜられている大鍋の中は、牛乳を使ったシチューだ。

かまどの火からあがる煙より、鍋から立ち上るほかほかとした湯気の方が心地よい。

洗い砂で磨いた皿や食器はぴかぴかに輝いて、出番を今か今かと待ちわびている。

彼女もまた、待ちわびていた。この時間が一番、彼女にとっては愛《いと》おしいものだった。

彼はシチューが好きで、自分は彼がシチューを食べるのが好き。

それに第一、農家の夕食といえば鍋物《シチュー》と相場が決まっているものだ。

毎食毎食、潤沢《じゅんたく》な品書きから料理を選べるのはよっぽどの都会だけだろう。例えば——……。

「水の街とか？」

「うむ」

独り言めいた呟きに、彼は律儀《りちぎ》に応じて返してくれた。

それが何とも言えず嬉しくて、背を向けているのを良いことに牛飼娘は頬を綻ばせた。

「どれくらいかかるかは、わからんのだが」

「そうなの？」

「人探しだ」と彼は言う。「見つかるまでは、終わらん」

「それは大変だねえ……」

と、言ったところで、それがどれくらい大変な事かは、牛飼娘にはわからないのだけれど。

以前に森人の里に遊びに行った（あれは夢のような体験だった！）事はある。

ちょっと前には冬の廃村で小鬼に襲われた（あれは本当に大変だった！）事もある。

でもそれだけで冒険――ましてや人から依頼された事をやる、その大変さはわからない。

彼女がそれを知るのは、いつだって、彼の語り口からだけなのだ。

「だが、夏が終わるまでには終わらせて、戻りたいと思っている」

「うん」

彼女はこっくりと頷いて、鍋をくるりくらとかき混ぜる。そう意味のある事じゃあない。

彼が何を言おうとしているのか、おおよその見当はついているつもりだった。

けれど、それを先回りして指摘するよりも、黙って待つのも好きな事の一つだ。

ちらり、ちらりと、鍋を覗いたり意味もなく棚を開け閉めしながら、彼の様子を窺《うかが》う。

相変わらず彼は、幼馴染《おさななじみ》の少年は、鉄兜をかぶったまま、訥々と言うのだ。

「だから、明日からまたしばらく留守にする」

そして彼は一度言葉を切って、むっつりと黙り込んだ。

会話の終わりではない。そんなことは、ずっと前から彼女は知っている。

だから俯《うつむ》いて鍋の中を見て、何を言おうか、何を返そうかと、考えて――……。

「行ってきます」

「はい、行ってらっしゃい」

はたして、声は上擦《うわず》らなかったろうか。彼女にはわからなかった。

彼の声は普段より強《こわ》ばっていて、一息に吐き出すようだったけれど。

「……」

牛飼娘はとうとう横目で見るだけでは我慢できず、くるりと振り返って彼の方を見た。

かまどのふちに手をかけて、行儀の悪いことに半ば座るようにして、彼を見た。

食卓についた彼は黙り込んだまま、真っ直ぐにこちらを見つめていた。

彼女もまた、彼の庇の奥を見つめた。どんな表情をしているか、手にとるようにわかる。

金糸雀《カナリア》が微かに母屋の片隅でさえずる。

それを聞いて、先に堪えきれなくなって吹き出したのは牛飼娘の方であった。

「……今、言う事じゃないよねえ、これは」

くすくすと笑いながらそう言うと、彼は「うむ」と大真面目な調子で頷いた。

「だが、他にどう言えば良いかわからん」

「あたしも」

そう言って牛飼娘はころころと笑いを転がしながら、そそくさとシチューに向き直る。

そろそろ、伯父も夕食を摂《と》りに来る頃だろう。家族揃っての食事は、しばらくお預けだ。

——どうせなら贅沢《ぜいたく》なものの方が良かったかもだけど——……。

でも、彼はシチューが好きで、自分は彼がシチューを食べるのが好きなのだ。

しばらくそれがお預けとなるなら、やっぱりいつもと変わらないこれが一番良い。

鍋の中ではシチューがふつふつと音を立てて、食べ時を教えてくれている。

ふわりと香る牛乳の匂いは甘く、美味で、お腹《なか》にはとても良く効いた。

——これを何日も我慢するんだもんね。

そりゃあ冒険というのは大変なんだな、なんて。自慢めいた事を考えて、また笑いが溢《あふ》れる。

気をつけてね、なんて言うのは当たり前すぎるだろうか。

でも頑張ってね、なんてのもちょっと無責任かもしれない。

彼が頑張っているのは、もう言うまでもないことじゃあないか。

そっと掬《すく》ったシチューを器《うつわ》によそいながら、牛飼娘はあれこれと想像を弄《もてあそ》ぶ。

彼の帰りをどう待とうかとか、伯父はもうこの事を知っているのだろうかとか。

水の街か。前に一度だけ行った事がある。大きい街だ。彼も何度か行っている、はずだ。

——あ、そうだ。

彼へ伝える思いつきを言葉へと換えながらも、牛飼娘は思考を止めはしなかった。

やらなきゃいけない事もあれこれある。なんといったって——……。

「お土産《みやげ》。動物以外でお願いするね？」

「……」彼は低く唸った後、首を傾げた。「さほどに、動物を連れて帰った覚えはないのだが」

なんといったって、変わらずに日々の営《いとな》みを動かして待つのは、それだけで大仕事なのだ。

§

「……馬の引く車になぞ乗らん！」

まあ、予想してしかるべき事態ではあった。

翌朝、辺境の街のハズレにある馬車の停留所である。

暖かな日差しの下、東の都会へ向かう者、さらに西の開拓地へ向かう者が行き交っている。

家財を背負った農夫らしい一家もいれば、採掘道具を携《たずさ》えた山師の一味。

大荷物を抱えた行商人、聖典を携えた宣教師か巡回司祭《サーキットライダー》の女性もいる。

そしてもちろん、それぞれを護衛する雑多な装備と種族の冒険者たち。

長靴と蹄、それに車輪が石畳を削る音。人々のざわめき、喧騒、賑わい。

駅というには小さいが、それでもこの街で最も人波が交差する場所だ。

その中にあってきっぱりと言い切ったのは、馬人の娘、馬玲姫であった。

彼女は憮然《ぶぜん》とした表情で、自分より体格の上回る馬と、繋がれた馬車を睨む。

「かといって徒歩《かち》ではどもこもならんぞ？」

というのは、手回しよく馬車を調達してきた鉱人道士であった。

今も御者台に乗って手綱《たづな》を執った姿はなかなか様になっていて、手慣れている。

「わ、借りて来《こ》られたんですか？」

「乗合よか自前のが都合が良かろうしな」

女神官が見た所、馬の体格は立派で足が太く、毛艶《けづや》も良く、目がキラキラと輝いていた。

そっと鼻面《はなづら》を撫でてやると人懐《ひとなつ》っこく掌に擦りついてくるので、女神官は頰を緩ませた。

「賢そうな子ですし、力持ちで……たぶん、乗っても大丈夫だと思いますけれど」

それに鉱人道士が借りてきた馬車は、幌《ほろ》付きで大型の立派なものだ。

乗用というよりは荷運び用なのだろうか。それにしては車輪の辺りが複雑だが——……。

「葡萄酒《ぶどうしゅ》を運ぶためのもんよ。揺れは酒の敵だかんの」

彼女の目線に気づいた鉱人道士が、にかりと悪戯《いたずら》の種を明かすように歯を見せて笑う。

「早摘みの葡萄酒、御神酒《おみき》絡みで例の酒商人に渡りがつきそうだったんでな。借りてきたのよ」

「ああ——……」

思えば、もう懐かしいとさえ感じてしまうから不思議なものだ。

御神酒に纏《まつ》わる大騒動。不愉快な事もあったが、大団円に終わったあの冒険。

先輩たる尼僧があの若き商人と親しくしていたのは覚えていたけれど——……。

——そういう人との関わりも、縁故《コネクション》となるのですね。

そしてそれはいつだって冒険の役に立つものだ。覚えておこうと、女神官は頷いた。

「必要ない」

そんな二人のやりとりとは対照的に、馬玲姫は仏頂面を崩さずに言い切った。

彼女は今にも出立したいといった様子で、苛立たしげに蹄で石畳を引《ひ》っ掻《か》いている。

草原とはまったく異なるその感触が、なおさら彼女にとっては不満で不快なようであった。

「水の街とやらまでの距離くらい、私なら歩いていける。只人とは違うのだ」

「楽できるなら楽した方が良いじゃない」

するりと猫めいて、いつのまにか車内に上がりこんでいた妖精弓手の顔が幌から覗いた。

彼女は既に自分の居場所を決めたようで、荷物も放り込み、くつろぐ体勢に入っているようだ。

御者台で鉱人道士が何か嫌味を言ったのも聞こえたようで、長耳がひくついた。

一瞬頭を幌の内に戻して「聞こえてるわよ鉱人！」と怒鳴った後、彼女は再び顔を出し、

「その辺りは只人を見習うべきよ？」

手抜きの達人なんだからと言って、けらけらと鈴の音のような笑い声を転がした。

「手抜きではないのですが……」と女神官は苦笑いをするしかない。

「どうして馬車がイヤなのでしょうか？　馬が引いているから、とかです？」

昨日と同様に、女神官はどうにか馬玲姫と目線を合わせようと試みた。

だが膝を折って座っていたときとは異なり、馬人の体軀《たいく》では頭一つ分の背丈《せたけ》の差がある。

四苦八苦して背伸びをし、ついには木箱の上に登ろうとする女神官。

それを見て、馬玲姫は渋い顔をしたまま、ほんの少しだけ頭を垂れた。

「それも、まあ、なくはないが……馬は馬だ。祈りし者ではない」

只人だとて、猿が芸をさせられているのを見て不快だとは思うまい。

もっとも猿と只人に血縁があるなどというのは、蜥蜴人がのたまう胡乱《うろん》な戯言《ざれごと》だが――……。

「他人の背中に身を任せるなど、危なっかしい事この上ないではないか」

「その手の考えはわからなくもありませぬなあ」

当の蜥蜴僧侶は、のっそりとした動きで馬車の下を覗き込んでいる。

戦達者《いくさだっしゃ》な蜥蜴人の目で点検すれば、よほどの不備を見落とす事はあるまい。

ゴブリンスレイヤーと共に、彼ら二人は馬車の点検に余念がないらしかった。

別に酒商や鉱人道士を信用していないわけではない。予想だにせぬ故障は、常にあるものだ。

「先だっての水戦の時などは、拙僧とても冷や冷やしたものだ」

血流も滞《とどこお》りましたしな。などと蜥蜴僧侶はよくわからぬ冗句を付け加える。

他人の舵取りに全ての状況が左右されかねない場というのは、居心地が悪いのだろう。

「であれば尚《なお》の事、私は徒歩《かち》で行くぞ……！」

「だが、体力を浪費する意味はあるまい」

馬車の塩梅《あんばい》に満足したのか、ゴブリンスレイヤーは籠手《こて》についた埃《ほこり》を払って立ち上がった。

「只人は二晩歩き通す事も、三十里《100km》を歩き抜く事もできるが、馬を使う」

「む……」

馬玲姫は、反論したくとも反論できぬような様子で、ただただ唸るよりほかなかった。

とすると、馬人にはそのような事はできないのだろうか。いや、只人に可能なのか？

女神官はきょときょとと馬玲姫とゴブリンスレイヤーを見比べた後、素直に疑問をぶつけた。

「……本当ですか？」

「速度でも馬には負けん――もっとも、そのぐらいの長距離であれば、だが」

それより短ければ馬や馬人の瞬発力、つまり文字通りの馬力が勝る、という事なのだろう。

逆に距離が長ければ、只人が「どこにでもいる」所以《ゆえん》たる、その無尽蔵《むじんぞう》の体力が勝るのだ。

四方世界において只人とは即ち、もっとも諦めの悪い、不屈の種族なのだとは知られた話だ。

「だが、それは余力を残さねば、の話だ。戦いに備えるなら、温存できるものは温存しろ」

はい。女神官はしっかりと両手で錫杖《しゃくじょう》を握って、こくりと頷きを返した。

「無理や無茶をして勝てるなら、苦労はしない……ですよね！」

ゴブリンスレイヤーは押し黙った。馬車の荷台では、妖精弓手が猫めいて笑っている。

馬玲姫はその意味を理解できずに小首を傾げており、ゴブリンスレイヤーは低く唸った。

「……それに雨も降れば、風も吹く。ましてやお前も、俺も、武装を解く気はあるまい？」

女神官、あるいは他の誰かが何かを言うよりも早く、彼はことさら淡々とそう続けた。

それにもやはり、馬玲姫は反論できないようであった。

広野を走って暮らす――その生活は女神官には想像しかできないが、雨風の事は知っていた。冒険の最中、それに出くわした事は何度もある。雪も、嵐《あらし》も、経験があるのだ。

たかだか俄《にわ》か雨といって笑ってはいけないという事も、先達の冒険者から聞かされている。

ただの小雨《こさめ》だから、次の街まで近いからと、濡《ぬ》れて歩いた者が動けなくなって死んだ。

吹雪《ふぶき》ではなく雨ですら、そんな事だってあるのだ。《宿命》か《偶然》かはわからないが。

そうした自然の厳しさというものを、馬玲姫もまた知っているのだろう。

「……………わかった、わかったとも」

彼女は言い含められた少女が教師や親に向かってするように、頬を膨らませた。

「これ以上文句を言っては、私が駄々を捏《こ》ねる子供ではないか」

かぱかぱと蹄を鳴らして歩み寄ると、彼女は竿立《さおだ》ちして前脚を荷台へかけた。

すかさず妖精弓手が馬玲姫の手を執って助けるが、上の森人とはいえ馬人の体軀は重たい。

女神官は慌てて馬玲姫の背後に回るが――さて、どこをどう補助すれば良いものか……。

「こ、ここは触っても大丈夫ですか……？」

「……構わないが」

女神官はどぎまぎしながら見目よく張った彼女のトモ、つまり臀部《でんぶ》に手を添え、押し上げる。

馬相手ならば気にもしないが、馬人相手、それも年若い娘の太ももと、その付け根だ。

すべすべとした感触にすら悪いことをしている気がして、女神官は赤らんだ頬を俯かせた。

馬玲姫がどんな顔をしているのか見えないのが、ある意味では幸いであった。

「よ、と……ッ」

馬人が馬車に乗るというのは、中々に奇異な光景なのだろう。

駅を行き交う人々が物見高くじろじろと眺めるのを、蜥蜴僧侶の一睨みが黙らせる。

幸いにして、馬玲姫は軽《かろ》やかとはいかずとも、難儀することなく荷台へと収まった。

やや広い馬車であっても、流石に仔馬ほどもある馬人の体軀が入れば、やや手狭になる。

彼女が幌の下で窮屈そうに身を屈め、立ったままでいるのだから尚更《なおさら》だ。

妖精弓手が小首を傾げるのに対し、蜥蜴僧侶がぬっと長首を幌の中に伸ばし、突き入れた。

「馬人の方々がどのようにしておられるのか知りませぬのでな。藁《わら》をお持ちすれば宜《よろ》しいか？」

「……我々は馬ではない」

馬人の姫君は不服さを隠そうともしない表情で、つっけんどんに声を出す。

しかしそれでも礼を失する事がないのは、蜥蜴僧侶が貴人をもてなす態度を取るからだろう。

只人は折りに触れ、蜥蜴人や馬人、辺境のものどもを蛮族と言って見下すが――……。

――いつ相手に殺されるやもしれぬのに礼節を欠くとは、命知らずにも程がありましょう。

と言って憚《はばか》らぬ辺り、蜥蜴人の方がより文明的なのではないかと、女神官は時々思う。

「天幕《ゲル》の床には絨毯《ヒビス》を敷く。……が、やむを得ないから、藁で問題はない」

「それは重畳《ちょうじょう》」

「でしたら、すぐに持ってきますね！」

そう言って女神官は、小鳥のようにたたたっと駆け出した。駅なら藁はすぐに手に入る。

健気《けなげ》であり元気いっぱいであり、冒険に赴《おもむ》く事が楽しくて仕方ないという後ろ姿。

ゴブリンスレイヤーはその背を見送り、彼女が置いていったその鞄《かばん》を荷台に担ぎ入れた。

そして馬玲姫を鉄兜越しにじろと見やり（彼女は「う」とたじろいだ）御者台へ向かう。

広野を行くならば、索敵を担当する斥候役は視界の広い場所にいた方が良い。

妖精弓手と交代で目を光らせるのは、いつだってゴブリンスレイヤーの役割だ。

彼は足掛けを踏みしめ、軽やかでなくとも手慣れた動きで、鉱人道士の隣に腰を下ろした。

「おう、かみきり丸。こいつぁ、なかなかの冒険になりそうだの」

「……冒険か」

「おう、お姫様を探す冒険よ。――ま、馬人ってぇのはちと叙事詩でも聞かねえがな」

にかりと笑った鉱人道士が、無言で火酒を勧めてくるのをゴブリンスレイヤーは断った。

鉱人は「そうかい」と気を悪くする風でもなく呵々《かか》と笑い、景気づけに酒精を一呷り。

そして白髭《しろひげ》についた雫《しずく》を袖《そで》で拭いながら、赤ら顔をにかりと輝かせた。

「……小鬼退治じゃねえのが不満かえ？」

「いや」

ゴブリンスレイヤーは短くそう言って首を横に振り、街並を行き交う人々の群れを見た。

陽光の下、賑やかに言葉を交わし、長靴が石畳を蹴り、駆けるように彼らは前へ歩いていた。

冒険者ギルドを出て、装備を整え、仲間と語らい、思い思いの武具を身に着け、外へ向かう。

種族も年齢も職業も性別も雑多な彼らは、誰一人としてその道行きの先を疑ってはいない。

己が冒険に失敗するなどと思って、前に向かう者は誰もいない。

ただ金を稼いで生きていきたいだけなら、農奴でも娼婦でも、いくらでも道がある。

ただ勝利と栄達を手に入れたいだけなら、騎士でも傭兵でも剣闘士でも良いだろう。

それ以外の何か。そうでない何か。それを追い求めて、危険を冒す者。

それが冒険者だ。そうでなくば、冒険者ではない。


「……」

小鬼を殺す者は、深く息を吐いた。

「それ以外をしても良いのか、と。思ってはいる」

「頼まれたんだ。胸ェ張ってやりゃあ良かろうよ」

「そうは言うがな」

鉱人道士は何も言わず、次の言葉を待ってくれた。

幌の内にいる妖精弓手にも聞こえているだろうが、彼女は茶々を入れたりはしなかった。

蜥蜴僧侶はどうだろうか。わからないが、彼は馬玲姫の相手をしてくれているようだった。

そうした仲間たちの振る舞いが、痛いほど、ゴブリンスレイヤーにはありがたかった。

そしてそれに対して、自分は何を返せるのだろうかと、息を吐いた。

「……難しいものだ」

「簡単な冒険など、あるもんか」

その通りであった。

向こうから薬を抱えて駆け戻った女神官が「おまたせしました！」と額の汗を輝かせる。

ゴブリンスレイヤーは頷き、言うべき言葉を選んだ上で、口に出した。

「では、行こう」

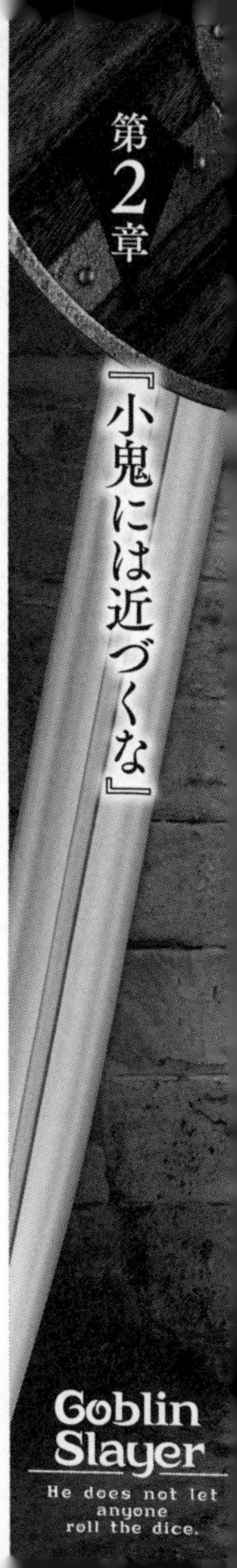
第2章
『小鬼には近づくな』
Goblin Slayer
He does not let anyone roll the dice.

「えっ、草原でも、あの瘤《こぶ》のついた驢馬《ろば》を飼っておられるのですか？」

「……駱駝《らくだ》だ」

がたごとと揺れる馬車の中で、少女たちの会話は車輪のそれと同じように弾《はず》んでいた。

きっかけは——さて、なんであったろうか。

女神官がしきりと話しかけ、あれこれと水を向け、馬玲姫《バートル》がぶっきらぼうに返事をする。

そんな繰り返しが街を離れてから広野を行く馬車の内で、のんびりと続けられていた。

打ち解けたというにはまだ早く、けれども断絶しているというには既に交わっている。

徐々に徐々に相手の心へ歩み寄って寄り添うのは、女神官の常の在り方だ。

地母神《ちぼしん》の寺院での修行の賜物《たまもの》——……。

——ってよりか、彼女の人徳よね。

何となし、手綱《たづな》を執る蜥蜴僧侶《リザードマン》の横、御者台に腰掛けた妖精弓手《エルフ》はぼんやりと考える。

只人《ヒューム》の成長というのはあっという間だ。目を離したら、ほんの一瞬で大きくなってしまう。

少なくとも妖精弓手の目から見て、小鬼退治に縮こまっていた少女は、もういない。

彼女自身が気づいているかはどうあれ、そこにいるのは一端《いっぱし》の冒険者ではないか。

「……毛も取れるし、乳も絞れる。荷運びにも、重宝するからな」

それに加えて、馬玲姫としても何かしら——気晴らしを求めていたのは間違いあるまい。

晴天の草原を進むというのに幌《ほろ》の内に閉じ込められ、身を縮こまらせていなければならない。

風も感じられぬ状況は、馬人《ケンタウロス》として耐えられまい。

それに何より、故郷の事を悪意なく聞かれるのは、誰《だれ》にだって喜ばしいものだ。

こうした所を見切って、すっと会話を始められるのが、女神官の長所だろう。

——本人は、頑張ってるだけなんだろうけれどね。

「……荷運び？」

不意にボソリと、揺れる馬車の奥で低い呟《つぶや》きが零《こぼ》れ落ちた。

妖精弓手と物見役を交代し、荷台の片隅に座り込んでいたゴブリンスレイヤーだ。

その鉄兜《てつかぶと》越しでは起きているのか、寝ているのかもわからない。

朽ち果てて放置された甲冑《かっちゅう》が不意に上げた声に、馬玲姫はびくりと耳と尻尾《しっぽ》を震わせた。

「あれの背には瘤があるだろう。物を積むのは、難しい」

「べ、別にそう難儀はしない……っ」

馬玲姫が一瞬声を上擦《うわず》らせたのは、がたごとと街道に轍《わだち》を刻む音でも隠せまい。

「瘤の間に綿布《トーラグ》を巻いて、骨組《シャタ》を通せば良い。しっかりした荷台になる」

「瘤の間？」ゴブリンスレイヤーは低く唸《うな》った。「あれの瘤は一つだろう」

「二つだ」と馬玲姫は言った。「何を言っているんだ、お前は」

「ふむ……」

ゴブリンスレイヤーは一瞬、思案《しあん》するかのように押し黙り、それから訥々《とつとつ》と口を開いた。

「どのように扱っている」

「馬頭琴《ばとうきん》を使うんだ。あれを聞くと、駱駝は素直になるから」

「馬頭琴」

「楽器だ。どのようなものかは……」

馬玲姫は、こう、と虚空《こくう》に楽器の輪郭《りんかく》を描くように手を動かした後、ぱたりと耳を伏せた。

「……口では上手《うま》く説明できん」

「そうか」

ゴブリンスレイヤーは短くそう呟いた後に、また、むっつりと押し黙ってしまった。

馬玲姫は訝《いぶか》しむように半眼で睨《にら》んでいた。話が終わったのか、判断しかねているようだった。

――ああ。

女神官が、くすりと笑みを漏《も》らした。

牧場で飼われている駱駝の事を思い起こすのは、別に難しい事ではなかった。

俯《うつむ》いている鉱人《ドワーフ》道士が狸《たぬき》寝入り――狸とはどんな生き物なのか？――なら彼も気づいたはず。

それで黙っている、のであれば——……。

「駱駝の乳や、毛も、どのように使うのですか？」

水を向けるのは自分なのだろうなと、女神官はそっと馬玲姫へ話しかけていた。

「……まあ、駱駝といえば、乳酒《アルヒ》だ」

「と、言いますと」

「乳から酒を拵《こしら》えるんだ。そのままだと酸っぱいから、砂糖を入れて。それから蒸留する」

へえー。などと女神官は、素直に感心したような声を漏らした。

御者台にいる蜥蜴僧侶には聞こえているだろうか。彼ならきっと、興味津々《しんしん》だろうに。

そんな女神官の様子をどう受け取ったか、馬玲姫は「ふふん」と得意げに鼻を鳴らした。

「蒸留を知っているか。お前らの所でできるかどうかは知らんが」

女神官は知っている——とは答えなかった。

知ってはいる。けれど、それをどのように行うのかまでは、彼女は知らなかった。

錬金術の領域であるだとか、なんとか。知識神か、酒造神の神官ならきっと知っていよう。

あるいは、北方の奥方《フースフレイヤ》のような、嗜虐神《しぎゃくしん》の神官なら……というはないものねだりだ。

——それに。

「すごいですね。草原で、そんな事ができるのですか？」

「ま、道具をあれこれと使わねばならんがな」

ここは張り合う場所ではない。それに何より、素直に驚いたのは事実なのだった。

「後は毛だな」

事実、馬玲姫は気を良くしたらしく、頬《ほお》を緩《ゆる》め、言葉をさらに紡《つむ》いでくれた。

「駱駝の毛だ。あれは良い。ただ、柔らかくも太いのでな。糸にして、編んで使う」

「羊とはまた違いそうですね」

「まったく違う」

彼女はその時まで、自分がどのような表情をしているのか気がついていなかったようだ。

馬玲姫は、どうやら自分が喋《しゃべ》りすぎたのだと思ったらしい。

「まったく違う」と繰り返し、そっぽを向いてしまった。

――ああ、まったく。

妖精弓手にとっては、どこまでも愉快で、楽しく、心躍る時であった。

彼女は風に舞う草葉の一枚をさっと虚空で摑《つか》み取り、その唇にあてがった。

ひゅるりと息を吹き込めば、それは嫋《たお》やかな音色《ねいろ》となって空に向けて流れていく。

「お上手ですな」

「まぁね」

妖精弓手はほんの一瞬だけ唇を離して、その笹葉のような長耳を振るった。

傍《かたわ》らの蜥蜴僧侶がぐるりと目を回すのに、妖精弓手は猫めいた笑みを浮かべ、草を噛《は》む。

御者台からすらりと伸びた足を振り、蒼天の下、草の葉と思えぬ旋律が弾みだした。

幌の内の冒険者たちも、馬玲姫も、幌の外の広野に生きるものも、誰もが耳を奪われる。

上の森人《ハイエルフ》の手にかかれば、草笛すらも天上の楽器に比類ないのだろうか。

のどかで、平和で、暖かく、四方世界《しほうせかい》の全《すべ》てがそれを祝福するような時間だった。

水面《みなも》に揺蕩《たゆた》うように、いつまでも永遠に続く気がしてならない、そんな得難《えがた》い瞬間。

永劫《えいごう》を生きる森人の生にあっても、どれほどそうした機会が訪れるかはわからない。

時間は果てなく存在しても、愛すべき人々と共にいられる時はいつだって有限だ。

だからもしそれを終わらせる時があるとすれば、目的地に辿《たど》り着いた時か――……。

「――……ああ、もう……ッ！」

彼女にとって不本意極《きわ》まりない事が起きた時だけであろう。

顔をしかめて草の葉を風に手放した妖精弓手が、荒々しく御者台の上で立ち上がる。

真っ先に反応したのは、沈黙して演奏に聞き入っていたゴブリンスレイヤーだ。

彼は腰の剣をひっ摑みながら姿勢を起こし、鋭く問うた。

「ゴブリンか？」

「生憎《あいにく》と！」

妖精弓手は上の森人の言葉による詩的で優雅な悪態を吐いて、叫んだ。

「――――その通りよ！」

§

「どうせ偶発的遭遇《ランダムエンカウント》ならいっそドラゴンでも出てくりゃ良いのよ！」

「それで全滅するのも一興ですなぁ！」

妖精弓手が悪態と共に幌の上へ駆け上がり、蜥蜴僧侶が豪快に笑いながら手綱を一振り。

街道を弾むようにして駆ける馬車も疾風のようにとはいかず、敵影は確かに見えつつあった。

無論、たかだか小鬼風情《ふぜい》が馬車に追いつけるわけもない。

「GROOORGB!!」

「GBOG！　GRORGB!!」

「GRBBB!!」

しかし騎乗の秘密を盗み出した手合《てあい》なら、別だ。

徐々に徐々に差を詰めてくるその集団は、地を走る狼《おおかみ》――悪魔犬《ワーグ》の背にしがみついている。

悪魔犬に言うことを聞かせているのか、単に手綱を執っている気になっているだけなのか。

それについては永遠の謎《なぞ》であろうが、いずれにしても小鬼とは厄介の代名詞だ。

幌の口から後方を睨んだ鉱人道士は、火酒をかっくらいながら顔をしかめた。

「お前さんが口笛でも吹いたから寄ってきよったんでないかえ？」

「しっつれいね。旨そうな鉱人《ドワーフ》の匂《にお》いに惹《ひ》かれたんでしょ」

小鬼は寄生虫なんか気にしないものね。妖精弓手の呟きは、閃光《せんこう》の如《ごと》く空を貫いた。

「GRGB⁉」

ばがんという破砕音を伴って、首から上の吹き飛んだ小鬼が先頭の悪魔犬から転げ落ちる。

後続がさっと左右に分かれて弾む死体を避ける辺り、主導は悪魔犬にあるようであった。

なにせ乗り手を失った悪魔犬ですら、一切《いっさい》構うことなく走り続けているのだから。

「WARRG⁉」

妖精弓手はすかさず第二射でもってその悪魔犬を仕留め、木芽鏃《きめやじり》の矢を矢筒から抜いた。

「もうちょっと間抜けな乗騎であって欲しいわね……！」

「数は幾つだ」

幌の口から遠く広野を睨みつけながら、ゴブリンスレイヤーが問うた。

「見える限りでは十騎かそこら。でも遠くから追いついてくる奴《やつ》らもいそう！」

幌上からの返答。ゴブリンスレイヤーは低く唸る。開けた場所は嫌いだ。閉所の方が楽だ。

「あの、どうぞ……！」

そんな彼の傍らで、女神官が荷物から短弓と矢筒を取り出していた。

彼女に射撃の心得はない。投石については学んだが、馬車の上からでは難しいだろう。

故に女神官は、その短弓と矢筒を、甲斐甲斐《かいがい》しくゴブリンスレイヤーへと差し出した。

「助かる」

ゴブリンスレイヤーは一度軽く弦《つる》を引いて具合を検《あらた》め、素早く矢を番《つが》えてそれを引き絞った。

妖精弓手の弦楽器の如き音色とはまったく異なる、びぃんという間の抜けたような弦の音。

放たれた矢は低い軌道で草の上を飛び、鈍い音を立てて悪魔犬の前肢に突き刺さった。

「ＷＧＧＲ⁉」

ギャンという悲鳴と共に転げた乗騎と、放り出された小鬼。

無論この速度で受け身を取ったところで無意味で、そもそもゴブリンは受け身を知らない。

頭から大地に叩《たた》きつけられたゴブリンは、数度弾んだきり、二度と動くこともなく死んだ。

「まず一つ」

「あら、上手いじゃない」

ひょこりと幌の上から、さかしまになった妖精弓手の顔が覗《のぞ》いた。

「弓、使えたんだ？」

「お前ほどではない」

「そうでしょうとも！」

得意満面。垂れ下がった後ろ髪を尾のように翻《ひるがえ》して、妖精弓手は幌上へと姿を消した。

女神官が見上げても、幌はへこみもせず、年離れた友人の影さえ見る事はできない。

只人では及《およ》びもしない、上の森人の体捌《たいさば》きの巧《たく》みさであった。

「おい、私を降ろせ……！」

と、ここにきて馬玲姫が声をあげた。

彼女は狭苦しい荷台の中で身を捩《よじ》り、どうにか立ち上がろうと苦労しているようだ。

「降ろせって」と女神官は腰を浮かしかけた。「戦うおつもりですか⁉」

「無論だ！」

その声に応じたわけではあるまいが、ぎゅんと唸って、手槍が馬車に飛び込んできた。

荷台に刺さることもなく弾むそれは、まったく拙《つたな》い投擲《とうてき》の産物だ。

「ＧＲＯＯＧＢ！　ＧＯＲＲＲＢＢＧ！」

「ＷＡＲＧＧＷ‼」

荷台を繋《つな》がれた馬車馬の足では、悪魔犬の足には敵《かな》わない。

それを自らの技量で差を狭《せば》めたのだと歓喜する小鬼どもが、槍を投じ出したのだ。

その大半は馬車に届くか届かないか、届いても弾《はじ》かれ落ちるだけ。

だが幾本かは出目良く幌に突き刺さり、粗雑な穂先が荷台を抉《えぐ》る。

――でも……。

女神官は油断でもなく傲慢でもなく、深呼吸を一つして、冷静に状況を判断した。

「このまま追いつかれても、わたしたちで押し切れるはずです……！」

「負けはしまいが、このまま彼奴《きゃつ》らに調子づかせるのは納得がいかん！」

対する馬玲姫の回答は、太刀《たち》で切ったかのようにさっぱりとした、勢いのあるものだ。

女神官は戸惑い、馬車の内に視線を彷徨《さまよ》わせた。

ゴブリンスレイヤーは「二つ……三つ」と小鬼を仕留め、追手を退《しりぞ》けている。

妖精弓手もまた同じ。蜥蜴僧侶は手綱を打ち、馬車馬にさらに力を振り絞らせていた。

目があったのは、鉱人道士だ。

術の使い所ではあるまいと見て取っている玄人《くろうと》は、肴《さかな》はあるかと尋《たず》ねるような調子で言った。

「やれんのか？」

「やれぬ者は吠《ほ》えたりしない」

侮《あなど》りを受けた者がそうするように、馬玲姫は突き刺すような調子で答えた。

女神官の目には、彼女の小さな――人の部分は――体に生命力が脈打っているように思えた。

爆《は》ぜる前の火球。暖炉の中で赤々と輝く石炭。どうしてだか、その瞳《ひとみ》にそれが重なる。

鉱人道士は白髭《しろひげ》をしごくと、幌の内から弓を構える一党《パーティ》の頭目《リーダー》へと声をかけた。

「ここらで一つ、コン娘の技量を見とくべきじゃねえかと思うがの」

「ふむ……」

彼は低く唸りながら、幾度目かの射撃を放った。

動く馬車、動く悪魔犬の数瞬後の位置関係を予測するのは、中々に困難な試みである。

短矢は悪魔犬の足元に突き刺さり、その進行を阻《はば》む事すらできずにその役目を終えた。

ゴブリンスレイヤーは、息を吐いた。

「……どう見る？」

「広野で馬人に敵う者など、そうはいますまい！」

吠えて応じたのは御者台にて一党《パーティ》の命運全てを握っている、蜥蜴僧侶であった。

自らが直接降りて戦えぬが口惜《くや》しくもあり、されど戦《いくさ》の興奮はその血を高ぶらせる。

それでも馬車を戦車《チャリオット》のように扱わないだけ、彼は種族の中でも理知的だ。

「もっとも馬の良し悪しなど、実際に駆けてみなければわからぬものですがな！」

「……良いだろう」

それが正解かどうかなどは、その瞬間にわかるものではない。

そして正解の選択肢が後になってわかったところで、何の意味もない。

ゴブリンスレイヤーは頷いた。

「援護はする」

「善哉《よきかな》！」

馬玲姫は言うなり、さっと大刀《だいとう》をひっ摑むと、荷台の上で立ち上がった。

そして緩めていた鎧具足の留め具を締めようと身を捩ると、さっと女神官が駆け寄った。

「お手伝いします……！」

「すまぬ！」

見慣れぬ草原の、それも馬人の武具だ。けれど、鐙は鐙だ。付け方はわかっている。見様見真似《みようみまね》でもずっと傍らで鐙の扱いを見てきたのだ。この程度の事は彼女にもできた。てきぱき、甲斐甲斐しく馬玲姫の周りで女神官は駆け回り、その間も戦いは続いている。

「聞こえただろう」とゴブリンスレイヤーは頭上へ声をかけた。「合わせられるか」

「そこは合わせろって言いなさいよね！」

であれば問題はない。ゴブリンスレイヤーは矢を引き絞り、馬車に最も近い小鬼を射抜く。

「GORGB!?」

「WAGGG!?」

その瞬間に木芽鏃の矢が、乗り手を失った悪魔犬の顎《あご》を上下に縫い止めた。

どうっと頭から茂みに突っ込んで縦に回転した獣の死骸は、後続を大きく左右に分けさせる。

空間が、開けた。

「できました！」

女神官の叫び。立ち上がる馬玲姫。その全てを、御者台にいながら蜥蜴僧侶は把握する。

「しからば速度は落としますかな？」

「翔《と》ぶが如しだ、石竜子《せきえき》殿！」

馬玲姫は後ずさりして馬車から落ちるように草原へ跳び、すかさず蹄《ひづめ》で地を蹴《け》った。

速度を一切殺さぬ見事な走りは、一瞬の内に彼女を最高速へと押し上げる。

ただ一歩。それだけで彼女の体は升目を刻むように、体一つ分前へ弾けるのだ。
「は、は……ッ！」
微笑みに切り裂かれた風が、その後ろ髪と尾を攫《さら》い、雄々《おお》しい軍旗のように翻った。
馬体の筋肉が脈動して前肢が大地を削り、まるで草の海を飛ぶように彼女の体を運ぶ。
疾風のように駆ける彼女は緑一色の広野に滲《にじ》んだ青い閃光、青い風《ブルーゲイル》だ。
女神官は、その姿に目を奪われた。
冒険者ギルドで凛《りん》と振る舞っていた時、馬車の内で雑談に興じていた時とは、違う。
あの時の彼女は、生きているけれど生きていなかった。あるべき場所に、いなかった。
ただただ野を馳《は》せるためだけに生まれた人というのは、こうも美しいものなのか。
それを女神官は、初めて知ったのだ。
鉱人道士ですら酒を飲むのを忘れた。妖精弓手が矢を番える手を止める。
ゴブリンスレイヤーは――どうであったろうか。
「ＧＯＲＯＯＧＢ！」
「ＧＢＢＧＢＲ！　ＧＲＲＯＧＢＲＲＧ!!」
だがいずれにしろ、小鬼どもにそんな感覚があるわけもない。
彼らの目には、間抜けな獲物が荷台から転げ落ちたと、そう見えたのだろう。
女だ。小娘だ。でかい。食いでがある。嬲《なぶ》りがいがある。御大層な武具だ。勿体《もったい》ない。

ひん剝《む》いてやれ。足を折ってやれ。どう泣き叫ぶだろう。喚《わめ》くだろう。それが楽しみだ。

俺《おれ》がやる。お前は下がれ。馬鹿《ばか》をいえ。俺のものだ。俺が。俺が。俺が。俺が。

小鬼にとっては自分の事しか頭にない。全てを手に入れるのは自分だと思っているものだ。

だから真っ先に獲物へ襲いかかるのは、もっとも考えのないものだ。

賢い――と思い込んでいる――小鬼は、その後に控えている。馬鹿な奴だと仲間を嘲《あざけ》って。

故に、その小鬼は命を拾った。

「きえええええいっ！！！！」

一刀であった。

馬玲姫が振り抜いた背の大刀は、旋風を引き起こすような勢いと共に振り抜かれる。

森人の伝説にある剣士が如く、一瞬にして四方の草原を薙《な》ぎ払《はら》うが如き銀弧の剣閃。

それがずんばらりという音すら聞こえそうな鋭さで、先頭の小鬼を乗騎ごとすり抜けていた。

「ＧＲＯＧＢ⁉」

「ＷＧＲＧ！？！？」

悪魔犬の頭が飛び、小鬼の醜面が二つに割れた。

どす黒い血飛沫《ちしぶき》と共に息絶えた同胞の姿に、賢い小鬼は何を思ったろう。

だが何を考えたところで、それが実行される事は永遠になかった。

「いいぃやあッ‼」

馬上とは思えぬ踏み込みから繰り出される、第二撃。

肩口にまで振りかぶった大太刀は、薪《まき》でも割るようにして小鬼の騎兵を袈裟懸《けさが》けにした。

「GBBBRORGB!?!?」

「はっはあ……ッ!!」

右に、左に。馬玲姫の快活《かいかつ》な笑い声に混ざって、血風が吹《ふ》き荒《すさ》ぶ。

その間も馬車から矢が次々と放たれて小鬼を減らしていくが、戦局は既に決していた。

馬人の娘がその刃を唸らせる度に、小鬼は——悪魔犬は——明らかに怖気《おじけ》づいていた。

そして怯《おび》え腰で、彼女の剣から逃げられるわけもないのだ。

「——……」

女神官は瞬《まばた》きも忘れて、息すらできぬまま、その光景に見入っていた。

馬の首がないから、只人の騎乗剣術よりも遥《はる》かにのびのびとしているのだ——……。

などという事を、武芸に疎《うと》い女神官は知る由《よし》もない。知っていたところで、関係もない。

女神官にわかるのは、たった一つのことだけだ。

彼女は知っている。この四方世界に、馬玲姫よりも優れた剣士戦士が多くいる事を。

重戦士の剛剣も、槍使いの槍捌《やりさば》きも、あるいは北方の頭領《ゴジ》が振るった雷電の斬鉄剣も。

あるいは凄《すさ》まじさであれば、ただ一度だけ垣間見《かいまみ》た、女騎士の秘剣の方が遥かに上だろう。

戦の玄人に見せたなら、きっとまだまだ未熟で、拙いというに違いない。

なんと言ったって、相手は小鬼なのだ。四方世界で最も弱い怪物だ。

小鬼退治に長く従事した女神官とて、その戦果を得意げに吹聴したりはしない。

はしたなく衣の裾《すそ》をめくれさせ、力を誇示するように小鬼を屠《ほふ》る様は、誇れるものではない。

だがそれでも。

美しいと、そう思ったのだ。

「これで終《しま》いらしいな」

ほどなくして、馬玲姫は刃に血振りをくれて、大刀を鞘《さや》へと納めた。

馬玲姫は白く息を弾ませていた。駆け抜けて上気した頬に、汗が煌《きら》めいていた。

死屍《しし》累々《るいるい》と転がる軀《むくろ》へ一瞥《いちべつ》もくれず、だく足で馬車へと戻る彼女。

どうにか走り続ける荷台に上がろうと、前脚をかけたところで――……。

「お手伝いします……！」

さっと、女神官の手が差し伸べられた。

「む……」

馬玲姫は、戸惑ったように視線を彷徨わせた。

自分の無骨な手と、女神官の細く、けれど決して綺麗《きれい》なだけではない手を見やった。

そして、おずおずと彼女の手を握りしめた。頬の色は、判別がつかなかったが。

「……すまない」

「いいえ……っ！」

よいしょと手を引く女神官の膂力《りょりょく》が、どれほど馬玲姫の助けになったかはわからない。

大したものではなかったかもしれないし――大切な事であったのやもしれない。

「……見事なものだ」

だが、ゴブリンスレイヤーはそれに頓着《とんちゃく》することなく、淡々と言った。

女神官が水袋を馬玲姫に差し出し、おずおずと馬人の娘がそれを飲んでいる。

それを眺《なが》めながら、彼は短弓と矢筒を荷物に仕舞い込んだ。

「どうぞ……！」

「うむ」

その頃《ころ》には、女神官が彼のもとにも水袋を差し出してくる。

ゴブリンスレイヤーは素直に受け取って、その水袋を鉄兜の隙間《すきま》から呷《あお》った。

生ぬるく、葡萄酒《ぶどうしゅ》で割った水でも、戦いの後には何とも言えず旨いものだ。

「――侮るつもりもないが」

同じ心地であったのだろう。

は、と。思わず息を吐いた馬玲姫が、それにはにかむように頬を掻《か》いた。

「小鬼相手に武威《ぶい》を誇ったところで何にもならんからな」

「同感だ」

ゴブリンスレイヤーは、至極大真面目《おおまじめ》に、その鉄兜を上下させた。

ゴブリン相手に考えるべきことは、功績などではない。そんな事を考えた試しがなかった。

——あれは、単なる放浪種族《トライブ》だったのだろうか。

もはや影すら見えなくなった彼方《かなた》の小鬼、その軀を睨みながら彼は唸った。

戻って、馬車を止めて、確かめるべきか？

——いや。

今は時間が惜しい。水の街での調査を優先させるべきだ。彼はそう判断した。

——小鬼が関《かか》わっている可能性が、ほんの僅《わず》かでもあるのなら。

無論、ゴブリンスレイヤーはそれが病的な強迫観念である事を重々承知している。

だがしかし同時に、それを心の内に飼い慣らす事は必要な事だとも、承知していた。

『「俺は馬鹿だからよう、疑うとかわかんねえ」なんてのは好漢じゃなく、ただの間抜けよ』

吹き荒ぶ雪洞の中で、師はそういってニタニタと嘲ったものだった。

『やべえかもしれんと悟って逃げる奴が達人、構わねえって踏み込む奴が冒険者てぇもんだ』

その意味を、ゴブリンスレイヤーははっきりと理解しているわけではなかった。

真に『わかった』などと言える事が、習い覚えた事の中にどれだけあるだろうか。

それでも、拙い知識と技術をかき集めて——彼はやろう、と決めた。

やるか、やらないか。全てがそれだけだという事を、彼は十《とお》の昔にわかっ、た、のだから。

「水の街へ急ぐ」とゴブリンスレイヤーは言った。「御者と見張りも交代しておくべきだ」

「あいよ」

鉱人道士が、そのずんぐりとした体を身軽に起こし、御者台へ向かった。

鱗《うろこ》の。そう呼びかけて肩を叩き、蜥蜴人《リザードマン》の巨体と器用に入れ替わって手綱を執る。

ちょいと火酒を引っ掛けるが、酒造神も鉱人の飲酒はお見逃しになる事だろう。

「しっかし馬人の重装騎馬弓兵っつうのはウワサにきいとったが、すげえもんだわい」

「ううむ、御者台からでは見えなんだが残念ですな」

のそのそと這《は》うようにして幌の内に戻った蜥蜴僧侶が、何とも呑気《のんき》な調子で呟いた。

傍らを通り過ぎるゴブリンスレイヤーの邪魔にならぬよう尾を丸めて、一息。

彼はその長首を頭上に巡らせて、冗談めかしてその大きな目をぐるりと回した。

「いずれは弓の腕も見てみたいもの——というと、怒られますかや?」

「別に、怒ったりはしないけどね」

妖精弓手は溜息《ためいき》を吐《つ》いて、ごろりと幌の上で寝転がった。

「結局、また今回もゴブリン絡みになりそうだなぁ……」

今の所、透き通った青い空から槍だの剣だの火石《ほいし》だのが降ってくる気配もない。

まさにその通りであったと彼女がさらに溜息を吐くのは、もう何日か後の事である。

# 間章「好敵手には負けられない」

Goblin Slayer
He does not let anyone roll the dice.

「今頃《いまごろ》、もう水の街かなあ……」

「そうですね……」

朝一番というには遅く、お昼というにはまだ早い、冒険者ギルドの酒場にて。

円卓で遅めの朝食を摂《と》る受付嬢と牛飼娘は、共通の話題である所の、彼の噂《うわさ》に興じていた。

まあたまには街で朝食を、なんて。気まぐれに気合を入れてみた結果、ではあるのだけれど。

「……冒険というのは、道中、何が起こるかわかりませんからね」

だからまだ街道や草原の途中かもしれない。そう言って、受付嬢は優雅に微笑《ほほえ》んで見せる。

――すごいなぁ。

その表情に、牛飼娘はいつだってそう思うのだ。

均整の取れた綺麗《きれい》な線を描く肢体《したい》に、きちんと梳《す》かれて編まれた髪。微《かす》かな香油の匂《にお》い。

いつも通りの作業衣まがいな自分の格好や有様《ありさま》を考えると、どうしても、こう――……。

――……いや、勝ち負けじゃあ、ないのだけれど。

貴族のお姫様って、いいな。そんな風に思ってしまうのだけは、どうにも止められない。

「そんなに、良いものじゃあないですけれどね？」

おまけに受付嬢は、そんな牛飼娘の内心を見透かしたように言ってくるのだ。

今日は朝から忙しくてなんて言っていたけれど、朝食も摂れないほど忙しい人の姿ではない。

余裕たっぷり、軽妙洒脱《けいみょうしゃだつ》。それを維持するのは、そりゃあもう大変なのだろう。

「わかるんだけど、憧《あこが》れちゃうんだよねえ……」

「こちらも、そのまま同じ言葉を返させて頂きます」

朝からずっと牧場で汗水垂らして働いて、なんて。受付嬢にはとても無理な事だから。

二人は顔を見合わせて、くすくすと笑った。隣の芝は青いものだ。

「でも、ほら」

それはさておき、と。牛飼娘ははしたなく、手にした匙《さじ》で虚空《こくう》に円を描いて見せる。

「舞踏会とかに出たりするんじゃあないの？　こう、ひらひらっとしたドレスで」

「まあ、そういうこともなくはないですけれどね？　あくまでお付き合いですから……」

「伯父さんが出てる、寄り合いとかみたいな感じかあ……」

それはまあ、あんまり楽しくなさそうだった。あれの酒宴が踊りになったようなものだろう。

「どこの誰《だれ》それでどういう人となりか、顔を覚えて挨拶《あいさつ》をして社交辞令を交わしまして、と」

「大変そうだねえ」

「でもその繋《つな》がりでお仕事をするわけですから、嫌だ嫌だでは通りませんもの」

政《まつりごと》でも商《あきな》いでも、横の繋がりなくして何かを動かす事はとても難しい。

そして貴族というのは、国の何かしらを動かすことで禄《ろく》を頂いている家柄である。

なので、と。受付嬢は、その整った胸元《むなもと》を誇らしげに反《そ》らして、えへん、と言葉を続けた。

「私はさっさと一抜けして、こちらで冒険者ギルドの職員をさせて頂いているわけです」

「あははは。……じゃあ、うん、それをあたしは凄いなあ、って思う事にします」

少なくとも、外へ飛び出していく勇気はなかったのだ。今だって、あるかどうか。

冒険者になりたいわけではない。お姫様になりたかったのだ。小さい頃から。

そういう意味では――……。

「――……お姫様を助けだせ、か」

「立派な冒険ですよね」

そう言って微笑む受付嬢のことも、顔も名前も知らない馬人《ケンタウロス》のお姫様のことも。

――羨《うらや》ましい、のかなぁ。

どことなく、もやりと、胸の内に淀《よど》む澱《おり》のような想《おも》いは、あまり心地よいものではなかった。

「ふむ……」

一瞬、僅《わず》かに受付嬢が声を漏《も》らした。彼を真似《まね》たような声だったので、牛飼娘は顔を上げる。

「いつもの事なので、うっちゃっておこうかと思ったのですけれどね」

「なあに？」

「都の方で、馬上槍試合大会《トーナメント》があるのですけれど――まあ、観覧のお誘いがありまして」

「えーっと？」

聞き慣れぬ、けれど覚えのある単語だった。牛飼娘はぼんやりと虚空を見上げ、考える。

――ああ、そうだ。ずいぶんと小さい頃に、彼が――……。

「騎士様が、だだだだーっ、がつーん、って……やるやつ？　だよね？」

「ええ、まあ、他にも色々とありますけれども。概《おおむ》ねそれであっていますね」

そんな事を言っていたはずだ、と。思い出した内容は、間違っていなかったらしい。

牛飼娘には、それを見ても面白《おもしろ》いのかどうか、さっぱりわからなかったが。

「宜《よろ》しければ、一緒に行きません？」

「え――――……」

だからそれは、まったく想定外の呼びかけだった。

牛飼娘はぱちくり目を瞬《また》かせ、友達の顔を見た。からかいではなかった。真面目《まじめ》な、お誘い。

それに答えようと口を開く。だが、言葉が出ない。そもそも、答えがなかった。

行きたいとか、行きたくないとか。ドレスなんて――いや、あるけれど。ええと。ええと。

「ま、考えておいてくださいな」

「……ん」

牛飼娘は、こくんと頷《うなず》いた。受付嬢は紅茶の最後のひとしずくを、カップから飲み干す。

そして食器の音を立てる事なくカップを置くと、受付嬢は静かに椅子から立ち上がった。

「では、私はお仕事に行きませんと」

「え、あ」牛飼娘はその仕草を目で追って、頷いた。「がんばって？」

はい、と。そう微笑む受付嬢の仕草は、やはりとても優雅なものであった。

制服の背中で弾《はず》む編み髪を見送って、牛飼娘は何とも言えず――ぶらぶらと足を振る。

中途半端《ちゅうとはんぱ》な時間だ。

酒場の中も静まり返っていて、人の気配といえば――他にもうひとりいる、お客だけ。

それは黒髪の、小さな……小柄で痩《や》せっぽちで、引っ込み思案《じあん》な女の子のように見えた。

皿には、安い黒パンが幾つも置かれていて、もっもっもっと、必死に口に運んでいる。

どう見たって食が細い少女なのに、食べなきゃいけないのだと、その目は真剣そのものだ。

そしてちょっとだけ傷のついた真新しい装備を隣の椅子に置いた、彼女の首には認識票。

「――冒険者さん、かな？」

「…………？」

ひょこりと、その顔が皿から上に向いた。

口元のパンかすをくしくしと擦《こす》り、ぱたぱたと慌てて左右を向いて――牛飼娘と目が合う。

「あ、」と、か細《ぼそ》い声が聞こえた。「そ、そう、です」

こくんと頷く仕草は、恥ずかしがっていて、でも嬉《うれ》しそうで。

――ああ、可愛《かわい》いな。

なんて、牛飼娘は思った。

必死で、真面目で、前を見て、走っているような女の子だ。自分とは、違う。

「これから、冒険？」

「あの、えっと、その」

少女は、わたわたと、哀れなほどに慌てて言葉を探した後、答えにも思えぬ答えを返した。

「がんばって、ます」

「うん、頑張って」

牛飼娘がそう言ってひらりと手を振ると、黒髪の少女の顔にぱあっと笑顔が花開いた。

彼女はこくこくと、何度も頭を上下させて頷き、残ったパンを、ぐいと口に押し込む。

そしてケホケホと咳《せ》き込《こ》みながら水を一息に飲み、たたたっと勢いよく駆け出していく。

入口で掃《は》き掃除《そうじ》をしていた獣人女給にもぺこりと頭を下げ、ぱたぱた背中の鞄《かばん》を揺らして。

その胸元で、黒い縞瑪瑙《ブラックオニキス》のお守りが揺れていた。牛飼娘は、それを何となし目で追いかける。

「冒険――――……か」

それがどれくらい楽しいものか、彼女には、結局よくわからないのだけれど。

どうやら彼は、それに夢中らしいのだった。

# 第3章『銀星号を見つけだせ』

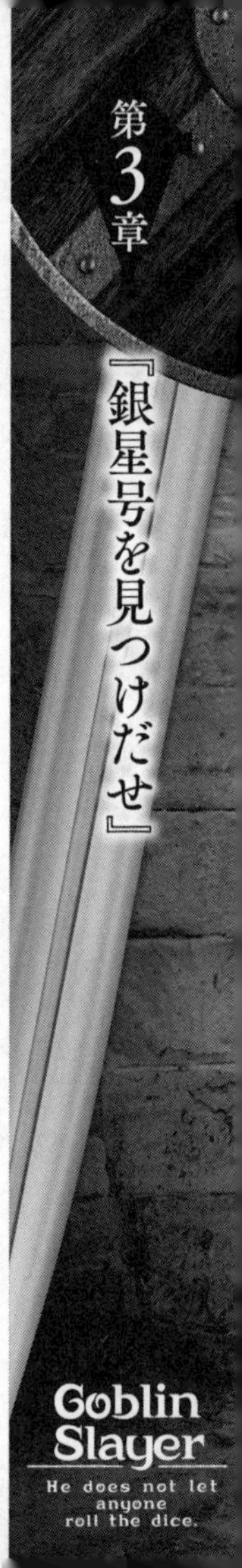
Goblin Slayer
He does not let anyone roll the dice.

「よろしければ、蹄《ひづめ》のお手入れなどはどうでしょうか。蹄鉄《ていてつ》もございますが」

「は、破廉恥《はれんち》だ……ッ！」

水の街、至高神《しこうしん》を祀《まつ》る法の大神殿は、ゴブリンスレイヤー一行を快く迎え入れてくれた。

到着したのは夕刻だというのに、神官たちに出迎えられ、女神官は恐縮するばかりだったが。

とはいえ、何と言っても心躍るのは、神殿に備えられた浴場であった。

なにしろこんな立派なお風呂《ふろ》など、辺境の神殿では望むべくもない。

温かな蒸気で満たされた、美しく綺麗《きれい》で広々とした風呂。女神官にとっては憧《あこが》れだ。

——あの大司教《アークビショップ》様も。

入浴されていらっしゃる。以前ご一緒した時の事を思い出すと、体が熱くなってしまう。

これ以上となると女神官は都の大浴場しか知らない。あそこはお湯が涌《わ》いているのだ。

とはいえ——……。

「平気よ、へーき。最初はちょっとびっくりするかもだけど、沐浴《もくよく》とそう変わらないし」

「そもそも人前で体を洗うことがどうかしている……！」

出会ったばかりの頃の妖精弓手《エルフ》を思わせる反発を、脱衣所で馬玲姫《バートル》は見せていた。

提案した神殿の女官の方も、こうした異種族には慣れているのか、慌てた風はない。

時間帯が良かったのか、脱衣所には他に入浴中らしい神官の衣服もないようで。

——ならちょっと騒がしくても問題はないですね。

女神官は丁寧に脱いだ法衣を畳《たた》み、外した鎖帷子《くさりかたびら》を布に包みながら小さく頷《うなず》いた。

それを見て妖精弓手は苦笑し、馬玲姫は妙な顔をしていたが、些細《ささい》な事だ。

「草原《くさはら》の国ではお風呂は入られないのですか？」

「……体を拭《ふ》くくらいで十分だからな」

乾いた草と風の広野。女神官の思うそれは、以前訪れた砂漠とどこか印象が重なる。

馬玲姫は「第一」と顔を真っ赤《まっか》にして、その頭と尻尾《しっぽ》とを大きく振った。

「他人に蹄を触れさせるなど、何を考えているんだ只人《ヒューム》どもは……！」

「私たちにとっての耳みたいなものかしらね？」

上の森人《ハイエルフ》が長耳を振るわせるのに、「尾や耳だって触らせんぞ」と馬玲姫は両耳を倒した。

——まあ御神酒《おみき》造りの時に、踝《くるぶし》を晒《さら》すのはなかなかに恥ずかしい事ではありましたが……。

女神官は二人の様子を見比べ、唇に指をあてがって考え込むと、うん、と頷いた。

「ま、とりあえず入ってしまいましょう！」

「賛成」

「な、何をする貴様等……！」

結局はじゃれ合いのようなものだ。

本気で抵抗するのであれば馬人《ケンタウロス》の脚力、蹴《け》り倒すのも逃げ出すのも容易である。

それをしないという事は彼女が配慮してくれているのか、遠慮してくれているのか。

――それをよいことに、ではあるのですけれど。

まあまあと笑顔でなだめながら、女神官と妖精弓手は馬玲姫の着物を脱がしにかかった。

日に焼けた黄金色の肌、すらりと伸びたしなやかな手足にはしっかりと筋が張っている。

慎ましやかではあれど、女神官の華奢《きゃしゃ》さや妖精弓手の彫刻のようなそれともまた違う稜線《りょうせん》。

野を駆けるために鍛え抜かれた機能美を湛《たた》えた肢体《したい》を、湯衣で隠すのはいささか残念ではある。

無論、それで覆《おお》い隠せるのは上体だけ。下半の、美しい馬体はそのままなのだが――……。

――そういえば。

馬人の方《かた》の下肢というのは、只人《ヒューム》の女性と同じようになっているのだろうか。

そんな益体《やくたい》もないことを考えて、女神官は一人頬《ほお》を赤らめたものだが。

「うぐ……とんだ辱《はずかし》めだ……」

「異文化交流というものよ」

かつかつと蹄で大理石の床を鳴らす馬玲姫に、妖精弓手が猫のように微笑《ほほえ》んだ。

すっかり風呂好きになってしまった上の森人は、早々に足を伸ばして、くつろぎだす。

森人の姫とは思えぬはしたなさだが、こうして見ると絵画のように美しいのだから不思議だ。

女神官はちらちらと妖精弓手を横目で見つつ、鎖帷子とは別に抱えていた敷布を床に広げた。

「このような塩梅《あんばい》で良いのですかね？」

「……すまん」

「いえいえ」

おずおずと膝《ひざ》を曲げ、敷布に身を横たえる馬玲姫。

その隣に女神官も薄い尻《しり》をおろし、三人並んで「ほう」と一息。

なんだかんだといって温かい空気に触れれば体は芯《しん》の方から緩《ゆる》み、筋肉もほぐれるもの。

長々と馬車に揺さぶられるというのは、ただそれだけで疲労をもたらすものだ。

湯気に当てられて上気した体から、汗と共に疲れが流れ出ていくような感覚。

それに身を任せると――どうしたって、心も軽くなっていく。

体と心は不可分のもので、どちらか片方だけをどうこうするのは、難しいものだ。

「……しかし、どうしたって入浴なぞ」

「行軍の後は体を休めねばなりませんし」

だからぼんやりと、惚《ほう》けたような口調の馬玲姫に、女神官もまた柔らかく答えた。

「それに、お風呂に一緒に入った方が仲良くなれると思いません？」

というのは、彼女にとっての経験則に過ぎないのだけれども。

誰《だれ》かと何かを語らうのであれば、夜寝る時か、入浴する時か……。

とにかく何もかもが一緒くたな時くらいが、ちょうど良いように思うのだ。

「実際、どう？」と、妖精弓手が薄目を横に向けた。「少しは信用してくれた？」

「……正直に言えば、まだ、疑っている」

──という事を話してくれる程度には、信用してくださったのですね。

なので女神官は、ぶすくれた馬玲姫の顔にも満足して頬を緩めた。

それを彼女はいぶかしむような半眼で睨《にら》みながら、言葉を続ける。

「そもそも冒険者というのは、ごろつきまがいの無頼漢《ぶらいかん》ではあるまいか」

「国が認めた、ね」

「我々はあの王に臣従などしておらぬ」

妖精弓手の茶々入れにも、ツンケンした返事。

同じく臣従していない上の森人は笑って肩を竦《すく》めるが、女神官は気にも留めていなかった。

わかりあうというのは何も全《すべ》て「そうですね。その通りです」と言う事ではない。

そうでなくば、蜥蜴人《リザードマン》と鉱人《ドワーフ》と森人と只人が、肩を並べて小鬼退治なぞできはしまい。

「お姫様が冒険者になられるのが、嫌だったのですね」

「……姫様がお決めになった事だ。私が口を挟めるものではない」

というのは、ほとんど肯定しているようなものだった。

馬玲姫は火照《ほて》った頬と滲《にじ》む汗を拭《ぬぐ》うそぶりで、手拭《てぬぐ》いに顔を押し付け、ごしごしと擦《こす》った。

「同行したのは『まだ探している』などと言って費《つい》えだけせしめるのを、防ぐためだ」

そして顔を上げると、彼女はことさらに張りつめた表情で、鋭くそう言ったのだ。

「こざかしい手合《てあい》は、そういった事をするものだろう」

「まあ、ズルいと賢いの区別がついてない只人って多いものね」

妖精弓手からもそう言われてしまうと、女神官としては恐縮するより他にない。

只人の王国で只人の王が決めた事に、どうして上の森人や馬人を従える事ができようか。

同じ只人相手ですら容易《たやす》い事ではないというのに。

いっさいの問題のない理想郷など、四方世界《しほうせかい》の歴史を紐解《ひもと》いても存在しない。

だから、女神官はその問題に答える事はできない。

できないまま、両性具有の浴槽神《よくそうしん》、そしてその上にある至高神の御姿を見上げた。

これは法や秩序というものとは、また別の……けれど根を同じくする問題だ。

簡単に正解がでないからこそ――神々はそれを祈りし者たちにお委《ゆだ》ねになられたのだから。

「けど実際、そうずっと探せないのも事実よ？」

そうした物思いから女神官を現実に引き戻したのは、妖精弓手のくるりと回る人差し指。

虚空《こくう》に円を描いたその指先は、彼女のやれやれと言いたげな顔の横で止まる。

「なんといったって、只人のお金っていう奴《やつ》は勝手に生《は》えてこないんだから」

「……それは、当たり前ではないか？」

馬玲姫がぼそりとそう呟《つぶや》くのには、思わず女神官も笑ってしまったが。

何よと睨む友人にごめんなさいと詫《わ》びながらも、くすくすという笑いは止まらない。

「でも」

と、目尻に滲む涙の雫《しずく》を指先でぬぐい取って、女神官は精一杯に誇らしく言った。

「見つかるまで探すのが冒険者……ですよね」

「そうよ」妖精弓手が、その薄い胸を反《そ》らした。「その通り！」

瞬間、その幻想的な痩身《そうしん》に抱きつかれ、女神官は「きゃ」と声を上擦《うわず》らせた。

きゃいきゃいと姦《かしま》しい声が上がる中で、馬玲姫だけは、むっつりと黙り込んだままだったが。

§

「まったく、もう……急にいらっしゃるんですもの。色々と支度《したく》もありますのに」

「そうか」

ゴブリンスレイヤーが通されたのは、法の神殿の奥まった一室であった。

白亜の柱の隙間《すきま》から、黄金色の残照が差し込み、夜の紫紺に白線を引いている。

庭園では、白い聖獣がゆったりとその身を横たえ、鱗《うろこ》に小鳥が止まるままにしていた。

耳を澄ましても聞こえるのは風と、それにそよぐ草花の音、水のせせらぎばかり。

穏やかで、落ち着いた、心地よい静謐《せいひつ》に支配された場。

その主である女性は、柔らかな肉を纏《まと》わせた肢体を曲げ、蠱惑《こわく》的な稜線を生み出している。

薄布の法衣からまろびでた白い太股《ふともも》は、しかし硝子《ガラス》細工のように細く繊細で、美しい。

ただ座しているだけで他者を誘惑できるような美女というのも、世の中にはいるものだ。

もし夢魔の類《たぐい》が形を結ぶ時に手本が欲しいのであれば、彼女を真似《まね》れば良いだろう。

もっとも彼女が成し遂げた偉業を知った上でそれができる夢魔も、そうはいまいが。

剣《つるぎ》の乙女《おとめ》は佇《たたず》む男に、まるであどけない少女がそうするように眉《まゆ》を寄せ、唇を尖《とが》らせた。

「わたくし、困ってしまいます」

「そうか」

ゴブリンスレイヤーは淡々と頷き、促されるまま、彼女の対面へと腰を下ろした。

この地の秩序を担《にな》う大司教、剣の乙女の私的な空間である事は、以前訪れて知っている。

その時も清められた場であったが、今日はそれに輪をかけて、小綺麗に整えられていた。

一礼した女官が部屋の入口に控えるのに、剣の乙女が頷きを返す。

そして彼女は心臓の高鳴りを抑えるように、その豊かな乳房に手を当てて小首を傾《かし》げた。

「それで、どのようなご用件でしょうか……？」

「幾つかある」と彼は淡々と応じた。「が、まずは、ゴブリンのことだ」

「まあ……」

それは年頃《としごろ》の娘が、恐ろしい話を聞かされた時の「まあ」であった。

薔薇《ばら》色に染まった頰に手を当てる、眼帯の下の眼差《まなざ》しは恐怖に見開かれているだろうか。

ゴブリンスレイヤーはそれが本心からの素振りであることを、知っている。

だから彼は慎重に言葉を選んだ。しかし、決して隠すような事はしなかった。

「ここまでの道中、小鬼どもが出た。悪魔犬《ワーグ》とかいったか。騎乗する手合だ」

「放浪部族《トライブ》の類、でしょうか……」

「それがわからん」

確かめる時間はなかった。いや、確かめるよりも、到着を優先した。

彼は自己の認識を淡々と修正しながら、確認のために言葉を続けた。

「またぞろ、ここでゴブリンが現れてはいまいか」

「いいえ！」

声が跳ねた。

彼女のそのような声を知る者は、傍付《そばづ》きの女官、五人の仲間を除けば、小鬼殺しだけだ。

剣の乙女はそんな声をあげた事を恥じるように俯《うつむ》き、金髪を波打たせて首を横に振る。

「いいえ……そのような事は」

そう呟いた彼女は、そうっと様子を窺《うかが》うように、その頭を持ち上げた。

下から鉄兜《てつかぶと》の庇《ひさし》を覗《のぞ》き込むような、上目遣《うわめづか》い。彼女の瞳《ひとみ》には、夜闇《やみ》も影も、関係はない。

「あなた様が退治してくださって以来、この街であのような者どもの姿は、まったく」

「ふむ……」

「もちろん細々とした邪悪は、現れていますけれども。それは別に、どうとでも……」

――できる。それは彼女の地位と実力からすれば、慢心でもなく、単なる事実だ。

水の街のような大都市ともなれば跳梁跋扈《ちょうりょうばっこ》する混沌の勢力は、数知れぬ。

邪教の手合が陰謀を張り巡らせ、魔神が人心をかき乱し、不逞《ふてい》貴族の横暴もあろう。

無法の荒野には無法の荒野の、法治の下には法治の下なりの、悪徳は存在するものだ。

それに抗《あらが》い続ける者の勇敢さを讃《たた》えこそすれ、どうして無能と嘲《あざけ》ることができようか。

ゴブリンスレイヤーは、自分が物を知らぬ事は自覚していた。

神を信じ、小鬼への恐怖を押し殺し、ただ一人で立つ事はどれほどの困難であろうか。

目前の女性は、己《おのれ》には思いも及《およ》ばぬ事を成し遂げているのだ。

「いずれにせよ、ゴブリンでないのであれば、俺《おれ》には手の届かぬ事だ」

「ええ」と剣の乙女は天秤剣《てんびんけん》をかき抱いた。「幸いな事に……そして、残念な事に」

お手を煩《わずら》わせる事はないのです、と。彼女はその唇で、切なげに囁《ささや》いた。

「俺の追っている案件と関《かか》わりがあるかはわからんが、小鬼が現れたのは事実だ」

「気を配っておきますわ。混沌の尖兵であれば、影が街を覆う前兆やもしれませんし」

何より、ゴブリンは殺すべきだと考える次第である。

その一点でこの男女の見解は共通しており、二人は頷きあった。

女官が密《ひそ》やかに溜息《ためいき》を吐《つ》いた事に、ぴくりと震えたのは剣の乙女だけであったが。

「それで」

彼女は、とてもはしたない事を口にするのを躊躇《ためら》うように、おずおずと言葉を続けた。

「もし幾日か滞在なされるのでしたら、お宿は、その……」

ご迷惑でなければ。そう呟きながら、白い指先が法衣の裾《すそ》を弄《もてあそ》んだ。

かつて小鬼に弄ばれへし折られた事もあるそれは、彼女の瞳と同様、美しいままだ。

「……よろしければ、この神殿に滞在なさっても、構いませんけれども……」

「助かる」

ゴブリンスレイヤーはその鉄兜を素直に頷かせた。

人の助けを得られるというのは、本当に恵まれている。

「どうにも、勝手のわからん事でな。頼らせてもらえれば、ありがたい」

「まあ……！」

これは年頃の貴族の令嬢が、慕《した》う殿方から詩を受け取ったときの「まあ」であった。

「わたくしにできる事でしたら、何なりと、何でも、仰《おっしゃ》ってくださいませ」

膝を崩して前に出ることすら恥じらうように頬を染めながら、彼女は頭《こうべ》を垂《た》れた。

「人探しの」と言って、彼は続く言葉をひどく躊躇った。「冒険をしているのだ」

「ひとさがし……」

剣の乙女の呟きが、薄暗くなった広間にぽつんとこぼれ落ちるように転がった。

そっと物音一つ立てずに動いた女官が、燭台《しょくだい》の蠟燭《ろうそく》に火を入れていく。

朧気《おぼろげ》な灯火《ともしび》の揺らめきが、日が落ちた後、微《かす》かな名残日《なごりび》と混ざって影を奇妙に踊らせた。

幽玄とでも言うのだろうか。ゴブリンスレイヤーは、拙《つたな》い感性でそう考える。

もっとも、彼は幽玄というのがどういうものなのか、はっきりと知ってはいなかったが。

「わたくしどもも多くの冒険をしてきましたが、あまり人探しは……ああ、いえ」

くすり、と。子供の頃の遊びを思い出した時のように、剣の乙女は微笑んだ。

「迷宮の中でならば、ありましたけれど」

「生憎《あいにく》と、市街だろう。……まだいるのならば、だが」

「それで、どなたをお探しなのですか……?」

「馬人だ」

ゴブリンスレイヤーは言った。

「馬人の姫だという。美しく、額《ひたい》にかかった髪に一筋、星が流れているとか」

「………」

剣の乙女は、すぐには答えなかった。

彼女は瞬《またた》く間に覆い被《かぶ》さってきた闇の中で、物憂げに、庭園に横たわる夜を眺《なが》めていた。

今夜はきっと、星も、双月も見えないのではあるまいか。空気が、どこか湿っていた。

ややあって、彼女はそうっと、恐る恐るといった様子で彼に迫った。

「心当たりが、ないではありませんけれども。ご期待に添えるかどうかは……」

「構わん」

決断的な言葉で、ゴブリンスレイヤーは彼女に応じた。

「一つずつ確かめていくまでだ」

「……貴方《あなた》様は、そういう御方ですものね」

あの時もそうでした。剣の乙女は秘密を囁くように、その唇を綻《ほころ》ばせた。

「──銀星号《ぎんせい》をご存じ?」

§

蒼天に、ガッと勢いよく土が蹴られて砂塵《さじん》が舞い上がった。

飛び出したのは色のついた風、色のついた影。それが目にも留まらぬ速さで突き進む。

──巫女《みこ》だ。

赤青緑黄茶黒、色とりどり思い思いの華やか艶《あで》やかな法衣を纏った、麗《うるわ》しい乙女たち。

それは風の神たる交易神、あるいは勝利の神たる戦女神《いくさめがみ》の似姿か。

眺めるだけで惚れ惚れする麗しさ、愛らしさの彼女らが横一列、一斉に走りだしたのだ。

大地を蹴って前に体を送り出すその下半身は、人様ではなく馬のそれ。

しなやかな四脚を美しい翼のように繰り出して、馬人の少女たちが大地を駆ける。

わ、と。競技場に詰めかけた大観衆が雄叫《おたけ》びをあげた。

最初は六騎並べる広々としたコースだが、一度、二度と曲がるうちに二騎並ぶので手一杯。

押し合いへし合い、肩を並べて先に行かん、後に引いて脚を溜《た》めにかかる乙女たち。

先頭に立つのは小柄で華奢な、横髪の一部を後ろ髪で編んだ、淑女然とした少女だ。

彼女はその体躯《たいく》のどこにあるのかという体力、膂力《りょりょく》で、開幕から先頭で走り続けている。

終始全力を出し続ける事ができれば絶対に勝つ。そう言わんばかりだが、絶対はない。

その後方、ぴたりと張り付くようにして悠々と、白――いや、芦毛《あしげ》の少女が駆けている。

先頭の淑女が全力であるならば、こちらはまだまだ余裕といった振る舞いである。

風を切って駆ける事が楽しくてしょうがない。その笑みは穏やかで、故に圧倒的だ。

誰も見逃す事のできない、場の主役は他ならぬこの芦毛の娘だと、そう思わせる。

第二、第三とカーブを曲がる度に、この二騎が競争を引っ張って、速度を上げていく。

しかし、そうはさせじと飛び出し、追い縋《すが》ってくる者もいた。

黄薔薇《きばら》の髪飾りをつけた馬人の少女が、歯を食いしばって前に差し込んできたのだ。

全力、余裕、それに対するならば必死というのが的確だろうか。

愛らしく飾りたてられた装束《しょうぞく》が泥にまみれようと、肺が破れようと構わない。

前の二騎に迫る彼女を支えているのは、才能や血筋ではなく、その懸命の努力であろう。

懸命に腕を振るい、蹄で体を前に送り出し、ただただ勝利を目指して前へ、前へ。

最後のカーブを曲がって残すは直線。ここを駆け抜ければ、勝者の栄光が手に入る。

その時、後方から雷鳴が轟《とどろ》いた。

最後尾に控えていた黒い衣装の、それはそれは背の高い、男装の麗人といった風の馬人だ。

彼女の蹄が大地を蹴る度に土が弾《はじ》け飛び、轟音《ごうおん》が耳をつんざく。

一歩、二歩、三歩。ただそれだけで見る間に距離が詰まり、彼女は先行く少女たちへ迫る。

あっという間に、四騎が並んだ。

稲妻《いなずま》さながらの疾走を見せる黒い乙女が、好敵手たちに一瞬、笑いかけた。

令嬢は我関せず。芦毛の少女が麗人を見て微笑む。黄薔薇の娘は懸命に前を見る。

誰かが前に出れば他の誰かがそれに迫る。肩を並べ、ぶつけ合い、一歩でも前へ。

もはや誰が勝つのか、それは神々さえも予想はつかぬ。骰子《サイコロ》は投じられたのだ。

瞬《まばた》きすら許されない。息つく暇すらない。誰も目を離すことができない。

今この時この瞬間、この円形闘技場の全ては彼女たち、走者《アウリガエ》のためだけにあった。

そして――……。

「王様万歳《アベ・カエサル》！」

高らかに勝者の挨拶《あいさつ》が貴賓《きひん》席に響き渡り、群衆の歓声がその栄光を讃えたのであった。

§

「王様が、いらっしゃってるのですか……⁉」

「いや、そういう慣習だの」

青空の下、舞い散る賭《か》け札の雨を浴びつつ、鉱人道士《ドワーフ》はのんびりと答えた。

彼の片手にはあぶられた猫の肉、反対の手には酒の入った杯。

賭博《とばく》にこそ手は出していないものの、実に満喫しているといった風である。

初めて見たレースの興奮冷めやらぬといった女神官とは、また対照的だ。

彼女は「すごい」の一言しか出せなかったのだが、やっとその疑問が浮かんだらしい。

王様万歳。しかし見上げても貴賓席には国王がいらしている気配もない。

知らぬ者にとっては、奇妙に見えても致し方ないだろう。

円形の闘技場。水の街にあるとは女神官も聞いていたが、訪れたのは初めてであった。

重厚な石造り、何段にも亘《わた》って作られた座席は、その全てが埋まってほぼ満席。

女神官はこれほど大勢の人を見たことはなかったし、それが熱狂しているのも初めて見た。

もちろん馬人の競争に人々が興奮するというのは、話では聞いていたけれど——……。

——……すごい……！

イグサを編んだ敷物に薄い尻を乗せるより、思わず腰を浮かした時の方が多かったものだ。

そして王都にあるという大競技場《キルクス・マクシムス》はこれより大きいという！

田舎《いなか》の寺院で育った自分が訪れたなら、どうなってしまうか。女神官にはわからなかった。

「しかし、あらあ元は戦車競技じゃなかったかね。挨拶も途中にやるもんだろ」

「最近は、馬人の競争も流行なんですよ」

そして、にこやかに——この場に一党《パーティ》を招待した少女が、どこか嬉《うれ》しそうに語った。

かつては一党《パーティ》の仲間であり、今を時めく御用商人となった、女商人だ。

砂漠の冒険以来の再会に頰を綻ばせた彼女は、剣の乙女からの頼みに即快諾した。

この心を結んだ友人たちを闘技場の興業に招待する事の、どこに不満があるだろう。

「四脚《クワドリガエ》も、二脚《ビガエ》も。挨拶も最後に、歌と踊りを交えてとか、色々変化もしています」

「只人って文化伝統とかやたら拘《こだわ》るくせに、ころころ変えるからわかんないのよね」

などと言いつつ、妖精弓手は手に賭け札を握ったままでご満悦だ。

放り捨ててないところを見ると勝者を的中させたか、はたまた意味を解していないのか。

あるいは女商人と二人、嬉々として用立てた、水の街流行《はや》りの衣服のせいかもしれない。

女神官の目からすれば、思わず顔を赤くしてしまうほどに肌も露《あら》わな装《よそお》い。

――……目の毒、ですね。

思わずそんな風に思ってしまうけれど、同時にこの熱気の中では涼しく心地よさそう。

それに何より上の森人の健康的な魅力を遺憾なく披露する、つまり、よく似合った服装だ。

――わたしもお願いすればよかったでしょうか……。

などと女神官も少し考えてしまうのだが、無駄遣いはよくないと、繰り返し戒《いまし》める。

何にしても妖精弓手は、観客の熱狂に当てられたにせよ、楽しそうなのだから構う事はない。

「よぉ似合っておりますぞ」

蜥蜴僧侶《リザードマン》は長首で重々しく頷いた後、手にした猫肉にかじり付いた。

「あら、ありがと」

妖精弓手がにんまりと猫のように目を細め、ひらりと手を振る。

それを眺めながら、蜥蜴の長首――喉《のど》が旨そうにごろりと鳴った。

「拙僧《せっそう》としては戦車競技の方も気になりまするな」

チーズがあれば尚《なお》良いのだが。呟く彼に、傍らの上の森人はくすくすと笑みを転がす。

「あなたって、存外に手綱《たづな》を執るの好きよね」

「暗殺者の汚名を着せられた男が、宿敵と戦車競技で対決する叙事詩などは良きもの故」

「あれ別にそこが主題じゃないでしょ」妖精弓手が苦笑した。「めっちゃくちゃに長いし」

「森人に長いって言われるほどのこたぁねえだろ」

「何にせよ見てて面白《おもしろ》かったわよ。速いわね、馬人ってやっぱり」

鉱人道士の茶々入れも、上機嫌の妖精弓手にはどこ吹く風だ。

蜥蜴僧侶に「あとで買ったげる」等と言っているあたり、賭けには勝ったのだろう。

「甘露!」と尾で席を叩き周囲の客がぎょっとするのを横目に、女神官は馬玲姫へ目を向けた。

「……」

幼さの残る顔立ちは、不機嫌の一色に塗《ぬ》り潰《つぶ》されていた。

彼女は闘技場に赴《おもむ》いた時――それ以前から、むっつりと黙り込んで、口を閉ざしたまま。

女神官は何か話しかけるべきかと、ちらちらと彼女を見ていたのだが。

「それで、その銀星号とやらは、これに何の関係がある」

女神官が決断するよりも早く、ゴブリンスレイヤーが無機質で淡々とした声を発していた。

競争は興味深くはあったのか、黙って眺めていたようではあったのだが。

はい。女商人は丁寧な態度で頭を下げた後、周囲の様子を窺うように視線を走らせた。

「構わん」とゴブリンスレイヤーは言った。「この騒ぎの中では、却《かえ》って人の話は聞こえん」

「では……その、お探しの馬人というのは、前髪に白い星が走っている、美しい女性だとか」

「そう聞いている」

ゴブリンスレイヤーは頷いた。女神官は、彼が兜の下で、ちらと馬玲姫を見たのがわかった。

馬人の少女はぴくりとその耳を震わせただけで、やはり何も話そうとはしなかったが。

「銀星号というのは、その特徴を備えた、この競技の走者の一人なのです」

「ほう」

「新進気鋭。見事な脚の持ち主で、どのような走りをするか期待されていましたが……」

行方《ゆくえ》がわからなくなったのだと、女商人は慎重に言葉を選んで囁いた。

曰《いわ》く――……曰く、だ。

幾日か前の、嵐《あらし》の夜の事だ。

競技を控えた馬人たちの宿舎に、しきりに調子を探りたがる不審な男が現れたという。

質《たち》の悪い賭博師の類と見て取った教官《ラニスタ》らは、男に番犬をけしかけて追い払った。

しかしその次の朝、目を覚ましてみると――……。

「銀星号の姿が、宿舎から消えていたとか。彼女専属の教官の姿も、なかったと」

「それだけなら、探せばすぐに見つかりそうなものだが」

「……それが、そうはならなかったそうです」

即座に教官たちは、大慌てで銀星号の姿を探し回った。

なにしろ馬人で、銀星号はとびきりの美女だ。目立つし、見つからないはずもない。

だが、はたして、見つかったのは――……。

「町外れで頭を砕かれて事切れていた、教官の亡骸《なきがら》だけだったのです」

――なかなかの冒険の気配がしますね。

女神官の抱いた感想は、さしあたって的外れなものではなかったのだろう。

ゴブリンスレイヤーは低く唸《うな》り、一党《パーティ》の他の者も、思案《しあん》げに顔を見合わせる。

「それは」と妖精弓手が目をぱちくりと瞬かせた。「その賭博師が犯人なんじゃあないの？」

「わからないんです」

女商人はその率直《そっちょく》な言葉に、困ったような、曖昧《あいまい》な表情で首を左右に振った。

「その賭博師はすぐに捕まったのですけれど、自分はやっていないの一点張りで……」

「下手人《げしゅにん》つうのは、みんなそう言うもんだがの」

鉱人道士が、がぶりと酒を呷《あお》った。

すでに戦盆《せんぼん》の上では次の競技に備え、砂が掃《は》き清められ、土が戻されつつある。

「けど、ここにゃあほれ、あの大司教様がおるじゃろ」

「別に全ての捜査に、あの方が関わっていらっしゃるわけではありませんけれど」

女商人はそう言ったけれど、それは剣の乙女の関与を否定するものではなかった。

なにしろここは水の街、辺境の秩序を担う法の神殿のお膝元《ひざもと》である。

至高神の恩寵篤《あつ》い六英雄《オールスターズ》が剣の乙女の目前で、嘘《うそ》をつき通せる者はいまい。

「至高神の神官によって《看破《センスライ》》の奇跡は施《ほどこ》されました」

「結果は………？」

どうだったのですか。恐る恐る問うた女神官に、女商人は「だめでした」と応じた。

「いえ、奇跡は正しかったのでしょう。知らないし、関わっていない、それが真実です」

「結局、犯人はわからないまま、ですか」

「人の足跡もろくに残っていないので、流言飛語も多くて……」

鳥人の仕業《しわざ》ではあるまいか。否《いな》、魔神が現れて連れ去ったのだ。外法《げほう》の使い手か。

鏡像魔神《ドッペルゲンガー》か模造生物《スナーク》のような略奪者《スナッチャー》ではないか。

人に化けて社会に潜む怪物六体を一夜で仕留めた狩人の伝説は、長く語られている。

この四方世界には、人々の信じられぬようなものがあるのだ。

「金剛石の騎士の仕業だなんて」と女商人は顔をしかめた。「馬鹿《ばか》げた噂《うわさ》もありますからね」

「竜が攫《さら》って彼方《かなた》の洞窟《どうくつ》に閉じこめておるのやもしれませぬな」

蜥蜴僧侶が叩《たた》いた軽口に、「こら」と妖精弓手の肘鉄《ひじてつ》が飛んだ。

もっとも小突かれた方は、痛がりもせず平然としたものだったが。

いずれにせよ四方世界に忍び寄る混沌の気配は多く、疑わしき者は数知れない。

「都の方から、諮問《しもん》探偵を呼ぼうという話も上がっているようですけれど」

「しもんたんてい」

「最近、売り出し中だそうです」

妖精弓手か女神官が聞き慣れぬ言葉を呟いたのに、女商人はくすりと笑みを零《こぼ》した。

——あ……。

時折後ろ髪、うなじに手をやりこそすれ、刻まれた痛々しい烙印《らくいん》はそのままであっても。彼女がそうして、年頃の娘のように楽しげにするだけで、女神官は救われた思いがする。本当に尊《とうと》い事だと、そう思えるのだ。

「姫様はこのような恥知らずな行いをするわけがない……」

故にだからこそ、怒りを滲ませて呟く馬玲姫のことも、放ってはおけないのだ。

彼女はとうとう我慢ができなくなったと、きっと睨みつけるように顔を上げていた。

その瞳が真《ま》っ直《す》ぐに突き刺すのは、今まさに戦盆に姿を現した馬人たちだ。

大観衆に手を振って応えながら歩み出る姿は、凛々《りり》しく、美しい。

女神官にはそう見えたのだが——……。

「……見せ物にされているのに、恥を知らんのか、あの娘らは……！」

「別に不名誉なことはないと思いますけれども……」

馬玲姫にとっては、どうやら違うらしかった。

苦々しげに言葉を吐き捨てる彼女に、女神官はどう声をかけたものか、やはり迷う。

どんなに目線を合わせようと努力したところで、只人と、馬人は違うものだ。

違うものは、合わない時は合わないものだ。傍に寄り添うことは、合わせる事ではない。

「戦女神様も、かつては剣闘士だったと聞きますし……」

「只人の神は知らん……！」

だからそう言い切られてしまうと、女神官は二の句が継げなかった。

「銀星号とやらが誰か知らんが、間違っても姫様がこんな破廉恥な事をするわけが……」

「でしたら、会って話してみますか」

かわって、その友人の窮地を助けに入ったのは、女商人であった。

彼女は女神官と同様に――女神官から習い覚えた――馬玲姫へと視線を合わせる。

大きな馬体でも、ひとたび座ってしまえば、背丈《せたけ》は只人の小身な娘と変わらない。

というよりきっと、馬人の中でも彼女は小柄な方なのだろう。

戸惑い、怒りと混乱の滲む瞳に、女商人は僅《わず》かに唇を緩めた。

「無論、銀星号ではないですが。その……うちの走者《アウリガエ》が、彼女と親しかったので」

「いずれにせよ、その銀星号が馬人の姫かどうか、確認の必要はある」

ゴブリンスレイヤーの言葉は、やはり事務的で、それ以上のものではなかった。

それはさながら、ここで叫んでいたところで何一つ解決しないと、そう言うようでもある。

馬玲姫が、刺々《とげとげ》しい目線で薄汚れた鉄兜を見やった。

女神官は――そして仲間たちは――彼の態度に、言葉以上のものがない事は知っている。

彼らは顔を見合わせて、苦笑した。説明しても、却って馬玲姫を逆撫《さかな》でするだけだろう。

何より、事態を進めた方が良い。この一点、一党《パーティ》の頭目《リーダー》を任せる理由でもあるが――……。

――この人は、気がついていないのでしょうね。

本当に仕方のない人だ。即断即決が大事だと人に教えて、己ができていると思っていない。

女神官の、あるいは仲間たちの視線をいぶかしむように、小鬼殺しは一瞬黙る。

だが、やはり彼は淡々とした口調を崩さぬまま、決断的に言い切った。

「……案内を頼む」

§

戦女神と交易神、正道神の庭に集《つど》う乙女たちが、眩《まばゆ》い笑顔で、競争路を駆けていく。

汚れなき心身を包むのは、深い色をした揃《そろ》いの稽古着。

長い尻尾の毛並みを乱さぬよう、尖った耳を寝かさぬよう、麗しく駆けるのが当然のこと。

もちろん蹄鉄をがちゃがちゃ鳴らして走るような、はしたない娘など存在するはずもない。

走者たちの養成所《ルードゥス》は、闘技場からさほど遠くない、水の街の中にあった。

競技の興奮冷めやらぬ人波から抜け出ると、ほっと思わず女神官の口から息が漏《も》れる。

猪牙船《ゴンドラ》の流れる川辺を歩くだけで、気持ちが落ち着くのだから不思議なものだ。

そして女商人に案内された先は、なるほど、学び舎《ルードゥス》という呼び名に相応《ふさわ》しい。

赤い屋根の建物が、城壁を思わせる風に四辺に並び、内庭を囲んでいる。

その内庭には様々な訓練用の道具や、練習用の競争路《コース》が備えられているのだ。

「ようし、良いぞ！　体の中に砂時計を作れ！　自分の速さとペースを正確に把握しろ！」

「はいっ！」

「どうして貴様は前に出ようとする！　抑えて脚を溜める事を覚えろ。併走、続けるぞ！」

「お願いします‼」

「小休止です！　水をきちんと飲みなさい。何か不具合のあった者はいますか？」

「私は大丈夫です」

「あたし、ちょっと蹄鉄がぐらついてるかも……」

「すぐに付け直してもらいなさい。他の者も、走りに勝ちたいならまず脚を大事にすること！」

「あなた、尻尾が乱れていてよ」

「あ、す、すみません……！」

「よろしい、神々も見ていらっしゃるのですから。身だしなみには気を使いなさい」

そして身分証である木剣を帯びた教官《ラニスタ》たちが、馬人たちに指導する声。

はきはきと元気よく馬人たちも応じ、汗を垂らし、一秒でも速くなろうと切磋琢磨《せっさたくま》する。

女神官が驚いたのは、教官たちの中には只人だけでなく、馬人の姿も混ざっているところだ。

それはもちろん只人には脚は四本もないから、馬人の方が走り方はわかっていようが。

「良き熱気でありますな」

そうした光景を、蜥蜴僧侶は目を細めて、しみじみと噛《か》み締《し》めるように評した。

「郷里の練兵所を思い出しまするぞ」

肩を並べるなら同じ練兵所か、同程度の場所で訓練を受けた兵でなくば。

そう独りごちる彼の言葉に、女商人がはにかみながら頭を下げる。

「恐縮です。やっと軌道に乗ってきたところですので……」

戦達者な蜥蜴人からのその評価は、只人にとっては光栄な、過分なものだ。

女商人が頬を綻ばせたのも無理はない。むしろ、当然の事だ。

「するってえと」と鉱人道士が彼女の顔を見上げた。「ここはお前さんの持ち物か？」

「事業を始めてより、ほどなく。廃校になるよりはと、知人から安値で譲って頂きました」

それはむしろ、好意によるものだったのだろう。今にして思えば、だが。

傷物となった出戻りの娘が商《あきな》いをするとなれば、風当たりも厳しい。

ただ金を稼いで利益《りえき》をあげて還元するというだけでは、立ちゆかぬ事も多いものだ。

貴族の遊びを厭《いと》うのは、高潔ではなく無理解なのだと、女商人も理解しつつあった。

つまりはあの闘技場の熱狂とそれに関わる者らに、後ろ足で砂をかけるような所行だ。

過度に入れ込んで放蕩《ほうとう》になってしまってはいけないとはいえ――……。

「不慣れながら、どうにかここまで」

道楽とは呼べまいという程度には誇っても良いだろうと、女商人はその整った胸を張る。

「なあに、上等、上等。軌道に乗らねえ奴のが多いんだからの」

もっとも鉱人道士が歯を剝《む》いて笑うと、やはり女商人は恐縮しきりであったけれど。

そうした恥じ入る姿を、当然ながら妖精弓手が見逃すわけもない。

「なに？　冒険者にも競争させるつもりなの？」

「ああ、それは良いですね」女商人は愉快げに言った。「迷宮探検競技も成功でしたし」

「やめてよ。さっさと攻略する事だけが冒険だなんて、とんでもないわ」

オルクボルグが量産されちゃう。その言葉に、女商人も思わず吹き出した。

くすくすと穏やかな笑いを向けられる当の本人は、まったく気にした風もないが。

――……なんというか。

女神官もまた微笑ましいやら、恥ずかしいやら、居心地悪く身じろぎをした。

まだまだ未熟という気持ちは消えないが、自分ももしかして、ああ見えるのだろうか。

自分の大事な友達の一人が、こうして躍進している事は、とても喜ばしいと思うのだが。

「それで」と、不意にゴブリンスレイヤーが淡々と声を発した。「銀星号についてだが」

「あ、はい、そうでした」

失敬。赤らんだ頰を誤魔化《ごまか》すように女商人は咳払《せきばら》いをして、さっと練習場を見回した。

彼女はほどなくして目当ての人物を認めると、その稲妻の名前を呼ばわった。

そう、稲妻だ。先ほどの競争で、終盤に雷鳴を轟かせて差し込んだ、あの馬人の娘。

黒い毛並み、艶《つや》やかな髪を後ろで結んで一つに垂らした、麗人のような女性。

近づくにつれはっきりとわかる容貌《ようぼう》は、観客席で見た時にも思ったが――……。

――大きい。

女神官は、思わずその見上げるような馬人の女性に、そんな思いを抱いた。

競技で見せた装束の時もそうであったが、鍛えられ、引き締まった体軀。

顔立ちも凛々しく、赤い飾り帯があって尚、そう、王子のような麗しさがある。

けれど稽古着からもわかる稜線は明らかに女性的で、剣の乙女にも似て魅力的なのだった。

「もう走っているの？　競技の後でしょうに」

「いや、火照った体を冷ましたいだけ。無理はしていないよ」

「脚の具合は？」

「そう心配する事はないさ」

蹄の音も軽《かろ》やかに駆けてきた彼女に、女商人は親しげに話しかける。

おや、と思ったのは確かに、女神官は一瞬その歩みに違和感を覚えたからであった。

馬人が全力で走る事は、脚に相応の負担をもたらすのだろうか。

と、女神官の視線に気づいた馬人の走者は、彼女の手を自然に摑《つか》み、そっと唇を寄せた。

「それで、僕に何か御用かな、お嬢さん？」

「ひゃっ」

麗人が恭《うやうや》しく貴人に対する礼をして瞳が近づけば、思わずどきりとするのは仕方ない。

──仕方ない、ことですし……っ。

「銀星号についてだ」

だからどぎまぎとする女神官に変わって、冷静そのものの声が聞こえた時は、安堵《あんど》した。

なにしろ彼女の瞳は稲妻の色に煌《きら》めいていて、吸い込まれるように美しいのだ。

永遠に眺めては命も危うい。一瞬で見惚《みほ》れて、それですら十分に思える。

「銀星号？」とその金色の瞳が瞬いた。「彼女のファンか。これは妬《や》けてしまうなぁ」

それに。視線が鉱人《ドワーフ》、蜥蜴人、薄汚れた鎧と動いて、その隣で止まる。

「上の森人のお嬢さんまで銀星号に夢中か。僕の走りを見せれば、惚れ直してもらえるのに」

「もう見たわよ」妖精弓手が、ころころと喉奥で笑いを転がした。「綺麗だった、すっごく」

「それは重畳《ちょうじょう》。どうだい、良かったら君一人のためだけに走っても──……」

こら。女商人が声を発さずに口を動かした。本当に節操がないのだから、と。

途端、雷鳴の走者の瞳が悪戯《いたずら》っぽく煌めいて、唇が艶やかに動いた。

「良いじゃないか。競技場で他の子に目移りしたら、僕の好敵手たちが放っておかないもの」

「レースの前に何をやっているのよ、あなたは」

「不躾《ぶしつけ》な手合を蹴り飛ばしたりとか？」

「何をやっているのよ……」

頭を抱える女商人と、ははと笑う走者。本気か冗句か、まるでわからない。

自由奔放というか、何というか。軽薄なようでいて、それだけではない。

そう、ただただ浮ついただけの女性では、あのような走りは見せられないものだ。

「……姫様のはずがないんだ」

だから不意に、俯いていた馬玲姫がそう呟いた事も、彼女は聞き逃さなかった。

「姫様が、芝以外で……見せ物のような真似をしたがるなど……」

「芝《ターフ》か。あれは張り替えるのが手間だから、都の競技場《キルクス》に出ないとね」

走者はそうっと馬玲姫の傍に歩みよると、膝を折って、その顔を覗き込んだ。

「そういう意味ではもちろん僕もいつか芝を走りたいけど、いけない事かな？」

「……っ」

馬玲姫は高ぶる感情に頬を紅潮させ、目尻に涙をためながらキッと顔を上げた。

「は、恥ずかしくはないのか！　あんな……あれでは……」

「羞恥心《しゅうちしん》はあるさ。初めて人前で走る時は、どきどきして、緊張もしたからね」

「そういう意味ではない……！」

「ははは」

切りつけるような叫びも何のその。雷光煌めく瞳は、真っ直ぐに幼い少女を貫いた。

「僕は代々走者の血筋だからね。両親ともに……まあ、母は無名だったけれど」

父は幾つも賞を取った名走者だったんだ。彼女はそう誇らしげに呟いて、その目を細めた。

「だから受け継いだ血統に恥ずべき走りはした事がない。ただの一度も」

馬玲姫は、それに答える事はできなかった。

ただ口を開き、閉ざし、やがてぎゅっと唇をかみしめて、俯く事しかできなかったのだ。

「……しかし、姫様は……」

そっと髪を梳《す》くように伸ばされた走者の手指を、馬玲姫は拒まなかった。

彼女の頭を撫《な》でてやりながら、稲妻の瞳がつい、と動いて他の冒険者を見やる。

「その姫様というのが、銀星号なのかい？」

「わからん」と言ったのはゴブリンスレイヤーだった。「それを確かめたいのだ」

「ふむん……。どんなお姫様なんだろう」

「私たちが、聞いた限りではあるのですが……」

女神官は、声も立てず俯いたままの馬玲姫を気遣いながら、そうっと語り出した。

一党《パーティ》の誰も、この少女の足下にぽつ、ぽつと雫が滴《したた》っている事を、口にはしなかった。

無論、稲妻の瞳を持つ馬人もまた、同様である。

「特徴はそうだね、あっていると思う」

彼女はひとしきり、額に一筋の流星を持つ馬人の話を聞いた後、そう言って首肯した。

「綺麗な子だったな。のびのびと走るんだ。でも、お姫様だって？　道理でね……」

「と、言いますと？」

「気品があるというのかな。所作が丁寧というか、わかるだろう？」

「そう……」

女神官は妖精弓手と、女商人を見やった。この場にいない、王妹《おうまい》のことも。

彼女たちの立ち居振る舞いは、自分とは何だろう、根本から違うものがある。

「……ですね、わかります」

「なんぞ、ここに来るまでの話とかせなんだか」

鉱人道士の問いかけに、稲妻の瞳を持つ走者は困った様子で長耳を折り曲げた。

「別の養成所《ルードゥス》の子だからなあ……。闘技場で一緒になった事も、まだ少ないし」

彼女はそう言って顎《あご》に手を当てて考え込む。何とも様になった、役者のような佇まい。

その間も片手は馬玲姫の頭を優しく撫でていて、真剣に思案している事はわかった。

「それに、あんまり話したがらなかった。というより、僕らの会話は走る事だからね」

「とはいえ、何も聞いていない……という事はないでしょう？」

女商人が親しい相手にそうするように、走者の馬胴にそっと触れて、問うた。

「貴方、女性と見たら声をかけるし、話もしたがるもの。本気じゃないにしても」

返答は、すぐにはなかった。

内庭を走る馬人たちの、元気の良いかけ声が木霊《こだま》する。教官たちの叫び声も。

さわさわと風が吹き抜けて、籠《こ》もった空気と土埃を吹き飛ばしていく。

ややあって、稲妻の瞳が観念したように揺れた。ゆっくりと目を閉じて、一息。

「言っておくけれど、それで彼女の走りがどうこう、ではない。勘違いされては困るよ」

「俺は銀星号とやらの走りを見たことがない」

ゴブリンスレイヤーの返答は、きっぱりとしたものだった。

「見たことがないものについては、何も言えん」

なるほどね。稲妻の瞳が、どことなく嬉しそうに弧を描いた。

「……彼女が馬車屋《コーチマン》出身だという話は、ちらっと聞いた」

「馬車屋？」

「馬人を騙《だま》して売り払う手合だよ。楽しい楽しい場所に連れて行くよと言ってね」

そして喜びの国《プレジャーアイランド》へ行けると思った馬人は、間抜けな驢馬《ろば》として売り払われる。

世間を知らず、ただただ群れを離れて奔放に生きたいという無知の代償は、常に大きい。

それをしなければ得られぬ物があることも、冒険者ならば痛いほど理解しているが。

「……奴隷の売買自体は、別に合法ですからね」

知らずに買って養成所に所属させる者も、まあいるだろうと、女商人は呟いた。

戦争の捕虜、負債の返済、犯罪に対する賠償などなど、奴隷というのはままあるものだ。

身代《しんだい》を買い戻すまで真面目に働けば良いのだから、別に問題のある事ではない。

だが、いつの世、いつの時代も、制度を悪用する者はいるというだけだ。

「……いよいよ都市の冒険《シティアドベンチャー》らしくなってきたわね」

不謹慎だけど。そう呟いて、妖精弓手はふむんと小鼻を鳴らした。

勿体《もったい》ぶって考え込むような素振りを見せるが、上の森人の常で、只人の世は複雑怪奇。

彼女はあっさりと推理を放棄して、一党《パーティ》の頭目《リーダー》の背を軽く叩いた。

「こういうのは、オルクボルグが得意よね。私はさっぱりだけど」

「俺とてそう詳しいわけではない」

なにそれ。妖精弓手は鼻を鳴らすが、自分とて空を掴むような事件の謎《なぞ》だ。

一党《パーティ》の面々が顔を突き合わせてはみても、答えなど出そうにない。

「しっかしそれが殺された教官《ラニスタ》だの、攫われた件だのと、関わってくるんかの?」

「誘拐しようとしたところを目撃したから殺されてしまった、のでしょうけれども……」

「そもそも拙僧らの探し求める姫君と、銀星号が同一人物という確証もありませなんだな」

「わからん」と鉄兜が揺れた。「だが、情報はある。やれるだけの事はやれる」

とすれば、この小鬼殺しには何らかの次の算段がある、という事なのだろう。

——ならヨシ。

妖精弓手は自分の中での結論に満足して、ちらと馬玲姫の方へと視線を動かした。

昂《たか》ぶった感情も、ようやっと落ち着いてきたのだろうか。

小さな馬人の娘は赤くなった目尻を擦り、ゆっくりとその面を上げて、稲妻の瞳を見上げた。

「……では、姫様も騙されて売り飛ばされた……という事か？」

「そこまでは、僕にもわからないよ。僕が知っているのは……」

背の高い馬人の走者は、僅かに言葉を濁した。

それは後ろ暗い事があるからではなく、気遣いからだ。

彼女はそっと最後にもう一撫で、馬人の少女の髪を梳いてから言った。

「彼女がのびのびと走っていた、という事だけさ」

君には、不本意かもしれないが。

そう付け加えられた言葉に、馬玲姫は「いや」と、ふるふる、その髪を揺らして首を振った。

「貴女《あなた》が真摯《しんし》に走っている事は、わかった。わかったのに、罵《ののし》った。申し訳ない」

「良いさ。可愛《かわい》い子には何を言われたって嬉しいもの」

稲妻の瞳を持つ馬人が、にっこりと微笑んだ。

それは凛々しい面立《おもだ》ちによく似合う、けれどあどけない、少女のような微笑みだ。

花の蕾《つぼみ》が綻ぶようなそれは——大人びた雰囲気より、彼女は若いのだと、気づかせる。

「気に病《む》むようなら応援にきておくれ。君みたいな可愛い子には、勝利を捧《ささ》げたいからね」

「か、からかわないでくれ……っ」

だが、それにしたってそういう態度は目の毒だ。

さっと頬を染めた馬玲姫がつっけんどんに言うと、微笑は悪戯っぽい笑顔に隠れてしまう。

練習に走っている馬人の娘の何人かまで足を止めて眺めているのだから、これはもう。

「いやはや」

などと、蜥蜴僧侶が感心したように長首を振って、その両目をぐるりと回した。

「良き女人《にょにん》ですな。蜥蜴人であれば、放っておかれますまいに」

何を言っているのよ。妖精弓手が頬を膨らませ、蜥蜴僧侶の脇腹《わきばら》を肘で小突いた。

「お生憎様」と、煌めく稲妻の片方が閉じた。「僕は可愛いお嬢さんの方が好きなんだ」

まったくもう。今度は、女商人が呆《あき》れて唇を尖らせる番であった。

§

「少し出て来る」とゴブリンスレイヤーは言った。「どうする？」

「行きます……！」

女神官が二つ返事で答えたのは、走者養成所《アウリガエ・ルードゥス》より戻った直後である。

日は傾《かたむ》き、黄昏《たそがれ》が頭上を覆いだしている。夜は波濤《はとう》のように押し寄せ、街を飲むだろう。

それを窓辺から物憂げに――上の森人は景色を見るだけで絵になる――妖精弓手は見やった。

「私は残るわ。疲れちゃったし……」

と、言って、その翡翠《ひすい》の瞳が、部屋の片隅で膝を折って座る馬玲姫の方へと流れた。

「色々お話ししたいコトがあるからね」

「宜《よろ》しいのでしょうか……？」

「ヨロシクもヨロシクないも、そういうものでしょ」

気にしなさんな。妖精弓手がひらりと手を振って、女神官はこくりと頷いた。

ずっと自分が付きっきりになるよりも、異なる人が接した方が良い時もあるだろう。

——きっと。

只人である自分より、森人である彼女の方が親しい部分もあるのだろうから。

そうしたやりとりを見た鉱人道士と蜥蜴僧侶が、軽く目配《めくば》せをしあって頷いた。

「ほんじゃま、わしらは教官《ラニスタ》連中に当たってみっかの。おう、鱗の」

「うむ、うむ。どこぞ適当な居酒屋でも見繕って、酒の一杯でも奢《おご》れば良さそうですな」

飲み食いしたいだけじゃないの。妖精弓手が、くすくす笑ってちくりと突き刺す。

だがそこに嫌味ったらしい部分はない。仲間内の、いつものやりとり。

ゴブリンスレイヤーは一同を睥睨《へいげい》した後、重々しい口調で、こう告げた。

「では、頼んだ」

女神官とて全てを知るわけではないが、都市の冒険とは、このようなものであるらしい。

つまり普段の冒険と変わらず、各々《おのおの》が、各々の役割を忠実に果たす、という事だ。

——そういえば。

もう大分と前になる、水の街での冒険の折もこうだったな、と。女神官は微笑んだ。

夕焼けに染まった街路。ゆったりと水路を行く猪牙舟《ゴンドラ》。甘くて冷たい氷菓子。

結局、この街を訪れるのは冒険の時ばかりだから、じっくりと見て歩いた事はないのだが。

「でも、前より落ち着いている感じがありますね」

「そうか？」

「はい」と道を行きながら女神官は頷いた。「なんとなく、そんな気がするだけですけれど」

「そうか」

恐らくは、ゴブリンを退治できたからだろう。それは間違いなく、良いことに違いない。

隣を行くゴブリンスレイヤーの声がほんの僅かに柔らかくて、女神官の足取りは軽くなった。

とはいえ――……。

あまり馴染《なじ》みのない街の、初めて見る道は、迷宮よりもややこしいものだ。

どこを見ても石畳、石造りの建物。水路のせせらぎも四方八方から聞こえるし。

ゴブリンスレイヤーと並んで歩くうちに、もう女神官は自分がどこにいるかもわからない。

今ここで神殿に戻れと言われても、とても辿《たど》り着ける気がしなかった。

競技場だって同じ街にあるだろうに、その場所だってもう良くわからない。

ずかずかと路地の奥へ踏み入るゴブリンスレイヤーの背を、女神官は懸命に追いかける。

そびえ立つ建屋《たてや》の影が長く落ちかかり、陰影が揺らめいて、夕日がどんどん沈んでいく。

「あ、あの、どこに向かってらっしゃるのですか……？」

「わからん」

「わからんって……」

一言であった。

女神官ですら思わず顔をひきつらせたし、受付嬢がこの場にいても苦笑した事であろう。

もしこれを平然と受け流せるとすれば、辺境の街で帰りを待つ牛飼娘だけだった。

「ああ、いや」と、それに気づいたゴブリンスレイヤーは短く付け足した。「目印はある」

「目印——……」

ゴブリンスレイヤーが指し示したのは、路地の片隅に白墨で刻まれた、小さな印であった。

言われてみなければ、あるいは知って探さねばわからない、子供の落書きのような——……。

——あ。

女神官の脳裏《のうり》に、幾つかの記憶がデタラメに、星の瞬きのように閃《ひらめ》いて繋《つな》がった。

「これ、盗賊組合《ローグギルド》の……？」

「符丁だ」とゴブリンスレイヤーは言った。「灰の魔法使い以来の伝統だそうだ」

盗賊ギルド。犯罪者の組合。裏稼業の者どもの集い。女神官は、知らずに身を硬くする。

別に、嫌悪感はない。一度ならず、手助けをしてもらった事だとてあるのだ。

——それはそれとして、緊張するのは……当然ですよね……。

「でも、ついてきても構わなかったのでしょうか……？」

「問題があるようならば、そう言っている」

端的な、突き放すような言葉。それでも女神官は嬉しくて「はいっ」と元気よく頷いた。

そうなれば、後はもう彼を信じて後をついていくだけであった。

もちろん彼女は経験から、逐一印を調べたり、ましてや形状を書き留めたりはしない。

印を確認しては、きちんとその形状を覚えようと、頭の中に刻みつけていく。

ちょこちょこと子犬のようについてくる彼女に対し、ゴブリンスレイヤーは何を思ったか。

沈黙を苦手とする性質ではない。であるから、黙考していたのは、言葉を探しての事である。

「別に」と彼は言った。「覚えておく必要はない。冒険者全員が知るべき作法ではあるまい」

「そうなのですか？」

「俺は必要があるから覚えた」

ゴブリンスレイヤーは、無造作な足取りで路地を曲がり、辻の奥へ向かう。

決してこちらを振り返りもしないその動きを、女神官は懸命に辿っていく。

「お前ならば、斥候《スカウト》の仲間を探せば良い」

それは端的に、自分とは違う、という事なのだろうか。女神官にはよくわからなかった。

あるいは、いずれはこの一党《パーティ》から女神官が離れる、という事なのかもしれない。

――それは。

起こりうる未来のようにも思えたし、とてもありえない事のように思えた。

いや、単純に、一時的に他の冒険者たちと一党《パーティ》を組んだ時の事なのだろうか。

——ううん……。

きっと、そうだろう。女神官はそう結論づけた。この人は、言うべき事はちゃんと言う人だ。

その言葉に裏はない。それくらいの事は、女神官だってちゃんと理解している。

「だが、こうしたものが『在《あ》る』という事は認識しておくべきだ」

女神官は、素直に「はい」と答えた。

奇妙なもので、路地の奥へ踏み入っているはずが、進むにつれて喧騒《けんそう》が大きくなっていく。

——表通りの方に近づいているのでしょうか……。

はたして、その通りであった。

女神官がゴブリンスレイヤーに導かれた先は、決して猥雑《わいざつ》な裏路地などではない。

むしろ昼間に訪れた競技場に似た、洗練されて美しい、心落ち着くような町並みの奥。

上等な宿が立ち並び、芳《かぐわ》しい料理と芳醇《ほうじゅん》な酒の匂《にお》いがほのかに漂う料理店の向こう。

それは王侯貴族の屋敷と見まごうほどに豪奢《ごうしゃ》な——賭場《カジノ》であったのだ。

§

──初めての事ばかりだ。

賭場に入ったその時、女神官は思わず立ち止まって目を瞬かせた。

これほど一度一時に、じゃらじゃらと盛大に金貨が奏《かな》でられるのは聞いたことがない。

もっとも、すぐにそれが金貨ではなく、貨幣に見立てた小札《チップ》である事がわかった。

だとしても、女神官が一生に目にするよりもきっと遥《はる》かに多い金貨があるのだろう。

見目麗しく多種多様な礼服を身に纏った様々な種族の紳士淑女が、そこには集っていた。

ゴブリンスレイヤーに連れられて入った中で、女神官は思わず視線を四方へ向ける。

緑の羅紗《ラシャ》布を敷かれた台で、あちらでは札が繰られ、こちらでは骰子が転がされていた。

向こうの方では、机の上に載るほどに小さく縮められた競技場が据え付けられている。

何をしているのかと見れば、馬人たちの駒《こま》を用いての競争を盤上でやっているのだ。

札を出しては駒を進め、時には王様万歳《アベ・カエサル》の声が上がる。

見るとやるのではやはり興奮度合いも違うのだろう。只人では馬人のようには走れない。

五つの骰子で揃いの目を出すのに興じる人々もいれば、三つ髑髏《どくろ》を転がす者もいる。

二人の剣士の駒を動かして間合いを詰める遊びも、あちらでは盛り上がっている。

突剣を携《たずさ》えた銃士ばかりかと思えば、麗しい花の女神たちに見立てた駒のものもあった。

いずれも、伝統ある盤上遊戯である事に変わりはない。だが、物珍しいものも多い。

罠《わな》のある迷宮から財貨をどれだけ持ち出せるか、なんてものは女神官も気にかかった。

深く潜れば財宝は多く手に入るが、それだけ罠にかかって全てを失う可能性も高い。

それに、女神官が目のやり場に困ったのは、肌も露わな美しい少女たちの姿だ。

一瞬兎人かと思ったのだが、只人の耳、森人や鉱人の耳が髪の狭間《はざま》から覗いている。

とするとあれはそういう髪飾りをつけた女性なのだろうけれど――……。

――ここには、連れてこれませんね。

目移りするような遊戯の数々に、女神官は神殿で待つ友人の事を思って頬を緩める。

ああでも、ここに妖精弓手や、女商人といった友達と来たら、きっと楽しいだろう。

馬玲姫は顔をしかめそうだけれど――……。

「……戦遊戯《ネファタル》はないのでしょうか」

なんて、そんな事もふと思ってしまう。北方で嗜《たしな》んだあの遊びは、とても面白かった。

「気になるなら、遊んでいくか」

「あ、いえ、とてもそんな……」

不意に振り返ったゴブリンスレイヤーからそう水を向けられて、女神官は慌てて手を振った。

そうでもしないと種銭まで渡されそうで、それではまるで子供ではあるまいか。

――それに。

上等な遊び場に、ずかずかと踏み込んできた薄汚れた鎧姿と、埃《ほこり》じみた神官衣の小娘。

四方から不躾なものを見るような目で見られている事にも、彼女はおそまきながら気がついた。

なんというか、場違いだと、思わず女神官は両手で錫杖《しゃくじょう》をぎゅっと握りしめる。

「と、言いますか、ええと、ここなら……別に表通りからくれば良かったのでは……？」

「どこに行くかではなく、どう行くかが、問題だ」

謎掛《リドル》けのような言葉だった。

――いえ……。

まさに、謎掛《リドル》けなのだ。

印を辿って、ただしい道順でここを訪れること。それが符丁となっているに違いない。

何故《なぜ》ならば、ほら。

「ミスターの旦那」

す、と。黒の礼服を纏った、賭場の職員と思わしき美丈夫《びじょうふ》が音もなく歩み寄ってきたからだ。

女神官とて冒険の中で多少の経験は積んでいる。恐らくは斥候の訓練を経た人。

それでいて王侯貴族に対するかのような、優雅な礼まで。

「どうぞこちらへ。お連れ様は……」

「ふむ」

問われて、ゴブリンスレイヤーはすぐに答えなかった。

女神官は両手で錫杖を握りしめたまま、ついぐっと背筋を伸ばしてしまう。

「今回は」と彼は言った。「こちらに慣れておけ」

「あ、は、はい……っ」

待っていろとか、置いていく、ではなかった事が、女神官には嬉しかった。

ここで見て学ぶ事も大いにあると、そう言われたように思ったからだ。

行ってらっしゃいと深々頭を下げる女神官を背に、ゴブリンスレイヤーは歩き出す。

その傍らにぴたりと職員がついて、彼を賭場の裏手へと導いていく。

ゴブリンスレイヤーの瞳が鉄兜の下で、ちらりと職員の方へ動いた。

「見ていてやってもらえるか」

「無論、心得ております。ミスターの旦那」

「だろうな」

言うまでもない事だった。だが、それを言う事が増えたようにも思う。

言わねば伝わらないと、さんざんにあの少女からは叱《しか》られたものだったが。

――とすると。

自分は成長しているのだろうか。それは何とも、彼にはわからない事であったが。

少なくとも、あの娘は成長している。

それだけに、彼女をこの奥まった密室へと連れてくるのは、いささか気が引けた。

華やかな賭場の、その裏側。通路を幾重《いくえ》にも曲がった、その一番奥。

こういった場が在るという事、使う手段としては知っておくべきだが……それ以上ではない。

料理店の個室のような、落ち着いた雰囲気の……しかし窓一つない密室。

今にも酒と料理の運ばれてきそうな卓には、しかし杯が載っているばかり。

ゴブリンスレイヤーとそれを挟んで相対したその職員は、丁寧な手つきで掌《てのひら》を出した。

機械的に、ゴブリンスレイヤーがそれに応じる。

「ではお客人、そう硬くならず楽にしてください」

「では有り難《がた》く。椅子と杯を借り受けて、挨拶をさせてもらう。どうか控えてくれ」

「ご挨拶ありがとうございます。しかし見ての通りの不作法者故、お控えなさってください」

「こちらは見ての通りの稼業故、どうか控えてくれ」

「いえ、いえ、ミスターの旦那こそお控えください」

「いや、そちらこそ控えてくれ」

「では再三のお言葉ありがたく。申し訳ありませんが、お先に控えましょう」

「無様な姿で失礼だが、西方辺境開拓村の出、師を樽《たる》に乗る者、小鬼殺しを生業《なりわい》とす若輩だ」

「お初にお目にかかります。マダムの代理にて失礼致します。人魚亭の支配人で御座います」

「挨拶を受けてくれて感謝する。どうか頭を上げてくれ」

「いえいえ、ミスターの旦那こそ頭を上げてくださいまし」

「それは困る」

「では一緒に」

「万端《ばんたん》よろしく」

「お頼み申します」

丁々発止《はっし》のやりとり。手早く、けれど丁寧に、作法を欠かす事なく挨拶を応酬させる。

そしてややあって、二人は揃って両手をあげて、顔を見合わせた。

「支配人が出てくるほどの案件か」

「銀等級の冒険者様に失礼があってはいけませんで」

そう言って男は、失礼にならぬような加減で、しげしげと小鬼殺しの鉄兜を眺めた。

「ましてや樽に乗る者、忍びの者のお弟子とあらばね」

「先生は」と言い掛けて、彼は訂正した。「師は師だ。その威を借りるものでもない」

「当節、使えるものは何でも使うべきでは？」

「ありがたいが、名前も擦《す》り切れて使えなくなると、叱られる」

「であれば」

男は、慇懃《いんぎん》な調子で笑みを崩さぬままに、言った。

「剣の乙女様のご寵愛《ちょうあい》を受けてらっしゃる、この街の地下から小鬼を殺したお人だ」

ミスターの旦那。そう呼ばれたゴブリンスレイヤーは、面白くもなさそうに唸った。

自分には、どう考えたところで過分な呼び名であろう。名にし負う剣の達人でもなし。

「仕掛人《ランナー》がご入り用でしょうか？」

「いや、情報だ」

「無論、商っておりますとも」

「馬人を攫う、なんと言ったか」

ゴブリンスレイヤーは、虚空に言葉を探し求めた。怪物の名前よりは、覚えやすい。

「馬車屋だかいう手合についてだ」

「ああ、銀星号……」

賭場の……いや、盗賊ギルドの職員は、訳知り顔で頷いた。

「……そうですね。私どもも彼女については賭博の目玉でしたから、気にはしておりました」

そう言いつつ、彼は軽く手を打って、他の者を呼ばわったようだった。

ほどなくして部屋の入口から、盗賊とは思えぬ身なりの整った女性が料理を運んできた。

水の街の名産。油で茹《ゆ》でただか揚げただかした魚だの、海老《えび》だの。それに葡萄酒《ぶどうしゅ》。

同じ酒壷から別々の杯に注《そそ》ぐのは、盗賊ギルド側の配慮だろう。

けれどゴブリンスレイヤーはそれを静かに辞した。

「勤めの最中だからな」それに。「終えた後に、一党《パーティ》で喰《く》うものだと聞いた」

「それは失礼。確かに、そうですね。ではこちらはちょっと失敬して……」

職員はそう言って、口先を湿らせるためだけに軽く葡萄酒を舐《な》めた。

「実のところ、走者たる馬人がいなくなる事は希《まれ》に良くある……珍事じゃございやせん」

——曰く。


伝説的な大差記録を持つ名走者が、主人の商売敵《しょうばいがたき》か何かに攫われてそのまま行方《ゆきがた》知らず。

遠征に出た先で教官《ラニスタ》が急死し、そのまま現地の誰かに売り払われてしまった。

訓練所の持ち主が破産した際、夜逃げか、抵当か、諸共どこかに連れて行かれたもの。

ある時からぱたっと競技に姿を現さなくなり、その後どうなったかわからぬもの。

そうした只人の争いに巻き込まれた馬人は、別にそう珍しくもないのだという。

当然、その最中に介入してくる非合法の奴隷商なども、いる。いるが……。

「馬人に限った事でもありやせんしね。馬人が哀れだなんだ、騒ぐ手合もおりやすが」

「だろうな」

だから走るのを止めさせせろ、というのは——ありえぬ事だ。

走るために生まれた者たち。あの競技場で、活《い》き活きと美しく走る姿を見れば、わかる。

その頂《いただき》に届かず挫折する者がどれほどいようと、競技場には栄光と、夢がある。

馬人らに二度と走るなというのは、その実、攫うよりもよほど残酷ではあるまいか。

冒険者に、危ないから冒険をするなと、そういうようなものだ。

無論、走者の中には当然、奴隷として売られたものもいよう。

だが冒険者だとて、他に選択の余地なくなる者もいるのだ。

誰かの道を、他人が否定するものではない。

それくらいのことは、ゴブリンスレイヤーにも理解ができる。

「だが、馬車屋についても、誰が銀星号をさらったかという事についても聞く気がない」

「ほう」

「聞いてわかるのなら、銀星号は既に競技場で走っている」

「まったくで」

「第一、それは俺の……」

と、彼は言葉を区切った。冒険というには、未《いま》だに躊躇《ちゅうちょ》がある。

「知りたいのは」ゴブリンスレイヤーは言った。「ゴブリンについてだ」

# 間章 「友人《コンタクト》に気をつけろ」

Goblin Slayer
He does not let anyone roll the dice.

「先輩、先輩、代わってください……ッ!!」

「ええ……?」

バタバタと楽屋へ飛び込んできた少女らに、赤毛の森人《エルフ》は驚くほど間の抜けた声をあげた。

肌も露《あら》わな革の装束《しょうぞく》、頭上でぴょこんと揺れる兎耳の飾りに、お尻《しり》についた白いしっぽ。

それを鏡で確認していた時だったから、何とも情けない体勢だったのも、間が悪い。

——我ながら……。

貧相だなあと思う体で、正直ホントどうかと思うのだが、これも仕掛《ラン》だから仕方ない。

一緒に仕掛けるようになって長いあの少年が満更《まんざら》でもないのは、幸いだったけれど。

とはいえ至高神《しこうしん》に仕《つか》える冒険者の彼女が顔を赤らめているのは、格好のせいではあるまい。

「流石《さすが》にこの格好見られるのはどうかと思うの……!」

「そげな慌てる事だとぼかぁ思わんのですけどねえ……」

背中を押されて楽屋に引っ張り込まれたもうひとりの少女の頭上では、白い耳が揺れている。

手袋を着けていない両腕、素足の両足にも毛がふさふさとしていて、こちらは本当に兎人。

能天気にひょこひょこと賭場《カジノ》を跳ねているから、お客さんにぶつからないか心配だ、と。

——思っていたら、するする避《よ》けていくんだもんなぁ。

先輩と呼ばれるほど勤務が長いわけでもないが、赤毛の娘としても感心するほどだった。

だからこほんと咳払《せきばら》い。なるべく先達らしく、頼れるように振る舞おうと声を整えた。

「どうしたの、さっきお客さんについてってって指示貰《もら》ってたよね？」

「そうなんですけどお……」

「あの男の子と何か揉《も》めたりした？」

「あいつは裏手で控えてるからどうでも良いんです！」

ふんす、と。至高神の聖女は腕を組んで、羞恥《しゅうち》を誤魔化《ごまか》すように声を尖《とが》らせた。

——たしか、三人組。

戦士と、神官と、兎人の子はたぶん斥候《スカウト》か野伏《レンジャー》。頭の中に入れた帳面をめくる。

賭場の警備員。臨時にという事で、辺境から雇《やと》われた冒険者の一党《パーティ》。

地元だと客である可能性も高く、他の客と手を組まれても敵《かな》わない。

時として外部の冒険者ギルドに警備を依頼することは、さして珍しい事ではない。

——らしいけどね。

そういう意味では自分はある意味での異端者《イレギュラー》だ。赤毛の森人は微笑《ほほえ》んだ。

「なら、どうしたの？　危ないお客さんだった？　それなら用心棒《エンフォーサー》の人に……」

「友達だったんです……！」

「……あー…………」

――いや、まあ、確かに、気持ちはわかるけどね。

これぱっかりは、なんにも言えなくなってしまった。

自分だって彼が何も知らずに客として来たら、どう対応して良いかわからなくなる。

いや彼じゃなくて知識神の神官やら、あの白い獣やら、他の友達でも挙動不審になるけども。

幸いというか何というか、今は別で待機してくれているから、その心配はないわけだが。

「別に変なお仕事じゃないし、ぼかぁあのお姉さんともこっちで会えて嬉《うれ》しいですけんども」

「そりゃあ……賭《か》け事《ごと》の公平さを尊ぶのも至高神のお務めだけどさあ……」

収穫祭の奉納演舞の装束とかとはわけが違うのだ、と。至高神の聖女は主張する。

白兎の娘は「そんなもんですかなあ」と、呑気《のんき》な調子でひょこひょこ、耳を揺らしていた。

「それよりもぼかぁ、お腹《なか》が減ってきちまいましたよ」

「獣人の子は結構その辺り大変だよね」

赤毛の森人は、よし、と小さく気合を入れて、鏡の前から立ち上がった。

「楽屋に置いてある焼き菓子だったら食べて良いから。代わりに出てくるよ」

「わぁい！　ありがたいこってす！」

「すみません、先輩。ありがとうございます……っ！」

良いから良いから。後輩（と呼ぶのは面映《おもは》ゆい）に手を振って、赤毛の森人は楽屋を後にする。

――どの道、そろそろ表に出ておかなきゃいけなかったしね。

と、彼女たちに言う気はなかったけれど。

それでもこの兎人を模した格好――何故《なぜ》なのだろう？――で賭場に出る、最後の踏ん切りだ。

賭場に出ると、一気にわっと大勢のお客からの視線が突き刺さる――……。

――気がするだけ、気がするだけ。

なにしろこの賭場に遊びに来た客の目当ては、ほぼ八割が遊戯で楽しむことにあるのだ。

文字通り生活を賭けざるを得ないような類《たぐい》はお呼びでない部類の、上流階級の社交場。

紳士淑女の方々はお連れの相手に夢中だろうし、御一人様にした所で、兎娘は何人もいる。

――堂々としてないと、ね。

きょどきょどと落ち着かない様子の方が、かえって目立ってしまうものだ。

かつ、と。履《は》き慣れない踵《かかと》の高い靴を鳴らし、赤毛の森人は華奢《きゃしゃ》な胸を反《そ》らして前へ進む。

さて、指示されたお客の席はどこであったか。確か指示された番号は――ああ、いた。

場違いな雰囲気の、神官衣をまとった少女が、一人。

所在なさげというよりは興味津々《しんしん》という様子で辺りを見回し、休憩用の椅子に座っている。

きちんと揃《そろ》えた膝《ひざ》の上には錫杖《しゃくじょう》。地母神《ちぼしん》の神官。きっと冒険者で。金髪で。可愛《かわい》い女の子。

「あれ……？」

「あ……」

それがまさか流石に自分にとっても知り合いだとは、赤毛の森人には思いも及《およ》ばなかったが。

ぱちくりと瞬《まばた》きをしながらこちらを見る少女の瞳《ひとみ》にも、理解の光がきらめいたのがわかった。

「あの、えっと、東方でお会いしました、よね？」

「うん、奇遇だね。冒険者さんだったたっけ」

赤毛の森人は、どうにか顔を強《こわ》ばらせずに微笑む事ができた、と思った。

羞恥で頬《ほお》が赤らんだかどうかはわからない。滅多《めった》にしない化粧で、誤魔化せていると良いが。

——でも、ある意味気楽か。

変に接待とかそういう、礼節《エチケット》を気にする必要のない相手だ。

内心ほっと息を吐きながら、赤毛の森人は女神官の隣へと腰を下ろした。

「ここには遊びに？」

「いえ、用事に。あ、いえ、わたしではなくて、一党《パーティ》の人が——」

「そうなんだ」

気のない返事。だけれど赤毛の森人には、おおよその察しはついていた。

なんと言ったたって砂漠の国で出会った時も、彼女がいたのはあの店なのだ。

——裏の方に用事があるんだろうな。

それはまあ、自分も似たようなものだ。縁があるのも、当然というか、仕方ない事か。

「そちらは、どうして……？」

「まあ、色々と入り用でね」

赤毛の森人は曖昧《あいまい》に微笑んだ。無論、嘘《うそ》ではない。

まあ無闇矢鱈《むやみやたら》《看破《センスライ》》を──はったりでも──する不信を抱いた神官は、そうはいないが。

人を信じない神官が、神を信じられるとはとても思えない。友人の神官を思えば、尚更《なおさら》だ。

だがしかし、心の中に強迫観念を飼い慣らしておくのは、仕掛人にとっては必要な事。

──それに実際問題、物入りなのはホントだもんなぁ……。

黒蓮が最初の一枚ならずとも、魔術師が手札を揃えるには、常に大金が必要となるものだ。

「……でも、すごいお店ですね」

礼儀正しく他人の懐《ふところ》事情の話題を取りやめて、女神官は視線を賭場中央の舞台に向けた。

そこにはいつのまにか、奥から水を蓄えた巨大な硝子《ガラス》の櫃《ひつ》が運び出されてきている。

「あんな大きな硝子の箱、初めて見ました。水槽……なんですか？」

「うん、人魚の踊り子さんが踊るんだよ。もう少ししたら今夜の舞台も始まるかな」

「へぇー……！」

だから人魚亭なのだとか、他愛《たあい》のない会話をしながら赤毛の森人は客の中へ目を走らせる。

探すべきは──……。

──場違いな者だ。

この女神官のように、本来ここに来るべきではない者。

けれど彼女とは違い、洗練されておらず、礼節も知らず、金だけを持っているような手合《てあい》。

この場に来る事ができる、そうした自分の立場に満足して酔っているような人物――……。

「……水の街には依頼できたの？」

「はい、えっと、どこまで喋《しゃべ》って良いのか、わからないんですけれど」

そうしている間にも、会話は続ける。注意深く賭場に気を配りながらの雑談。

――ある意味では、助かったかな。

兎人の仮装をした給仕が何もせずに、ただぼうっと客たちを眺《なが》めているわけにもいかない。

あちこちを手持《ても》ち無沙汰《ぶさた》に見えぬよう装って歩き回るよりは、よほど良い状況だ。

《宿命》か《偶然》か、どちらの導きかは知らないけれど、感謝しなくては――……。

「攫《さら》われた人を探しに来た、といった感じです」

「人攫《ひとさら》いか」と、赤毛の森人は反射的に吐き捨てた。「ああいうのは最悪だよ」

「え、と……？」

「ああ、ううん。ごめんね」

いけない、いけない。反省を交えて、赤毛の森人は苦笑して誤魔化す。

人買い人攫いに対する偏見が表に出やすいのは、不利な特徴以外の何物でもあるまい。

――徳《カルマ》を積まないとね。

怪訝《けげん》な、というより心配するような表情でこちらを覗《のぞ》き込む、この少女のようにだ。

だからこの仕掛が終わったら、地母神の寺院にお参りしても良いかもしれない。

賭場の片隅に現れた、そのぎらついた目つきの男を見て、彼女は小さく頷《うなず》いた。

「あ、始まりますよ……！」

女神官が声をあげる。すっと賭場の中の灯りが絞られ、暗闇《くらやみ》が周囲を覆《おお》い出す。

かわって、舞台の上の水槽の中で水飛沫《みずしぶき》が跳ね上がり、観客の声がわっと湧《わ》いた。

その一切《いっさい》を無視して赤毛の森人は小さく舌を鳴らし、自分の足元に指示を送った。

ずるりと滑るようにその影が蠢《うごめ》いて、外へと駆けていった事に気がつくものはいない。

ましてや、それが獣の形をした影だったなんて、舞台に夢中な人々の興味の埒外《らちがい》のことだ。

後はあの男から目を離さないようにすれば良い。気は抜けないが、一段落――……。

「あ」

「……ッ」

だから不意に女神官が声をあげた時に、赤毛の森人はびくりと肩を震わせた。

気づかれたか？　そう思って彼女の方を見れば、女神官はあらぬ方向へ目を向けている。

その視線を辿《たど》った先には――目を疑うほどに見すぼらしい、安っぽい鎧兜の冒険者。

――奥の部屋から出てきた？

という事は、と考えて、赤毛の森人はその思索を投げ捨てた。

好奇心に殺された猫と仕掛人は、この四方世界《しほうせかい》に五万といるものだ。

「あの、わたし、そろそろ行かないと」

「そっか、気をつけて」

だから願うのは幸運を。

そそくさと立ち上がった女神官に、赤毛の森人は個人として声をかける。

街の影を駆ける仕掛人と、四方世界の升目《ヘクス》を堂々と往く冒険者。

時に争う事はある一方で、交わる事だってあるものだから。

「そうだ。さっきちらっと見かけたんですけど、友達もここでお仕事しているみたいで……」

挨拶《あいさつ》したかったんですけど忙しそうだったから。

残念そうにそう呟《つぶや》く女神官へ、赤毛の森人は苦笑した。

「よろしく伝えておくよ」

「ありがとうございますっ。あの、それで……」

とととっと数歩小走りに駆けた少女が、最後に困惑気味に頬《ほお》を染めた顔を、振り向かせた。

「どうしてみんな、兎さんの格好なんでしょうか……？」

「……聞かないで」

赤毛の森人は、顔を覆《おお》った。

# 第4章 『黒幕を叩き出せ』

「で、結局何かわかったの？」

妖精弓手《エルフ》は、草原を抜ける風に気持ちよく髪を撫《な》でさせながら問うた。

空は青く澄み渡り、白い雲がふわふわと綿毛のように漂っている。

水の街の城門を出た、すぐ町外れ。

一夜明けて、情報収集を終えた冒険者たちはそこに集《つど》っていた。

「例の教官《ラニスタ》ですがな」

のそりと尻尾《しっぽ》をのたくらせながら、蜥蜴僧侶《リザードマン》が妖精弓手へと長首を巡らせた。

「どうも金に困っていたのは間違いないようですぞ」

「ま、ちょいと鱗《うろこ》のが言うのとは言葉の陰影っつーのが違うがな」

相槌《あいづち》を打つ。鉱人《ドワーフ》以上にその表現が相応《ふさわ》しい種族もおるまい。

共に夜の酒場へ繰り出していた鉱人《ドワーフ》道士が、青空を肴《さかな》に酒を一口呷《あお》った。

「給金以上によい生活をしとった、ってぇ話よ」

「ふぅん？」

Goblin Slayer
He does not let anyone roll the dice.

「お前さんだとて、金貨が種蒔《ま》いたら生《は》えてくるもんじゃねえのは知っとろう?」

失礼ね! 妖精弓手がピンとその長耳を逆立てた。

上の森人《ハイエルフ》の経済観念については、もはや説明するだけ野暮《やぼ》というものであろう。

彼女の散財っぷりを知っている女神官としては、ははは、と虚《うつ》ろに笑うのみだ。

「では、どこかからお金を稼いでいた、ということでしょうか?」

ちらりと無言のまま前を行く小鬼殺しを目で追いながら、女神官は首を傾《かし》げた。

「副業でもなさっていたのなら、わからなくもないのですけれど……」

先だって養成所を見学させてもらった限り、それほど楽な職務とも思えない。

というより、相応によい賃金を貰《もら》っていそうなものだが……。

「それでも追っつかないような暮らしぶりなら、そりゃお金に困ってるわね」

と、玩具だ何だを思いつくままに買って部屋に放っている妖精弓手が頷《うなず》いた。

実際、草原を心地よさそうに目を細め、足を振って歩く様は子供のそれだ。

しかしその自由奔放さが、絵に描いたように美しいのは、森人の特権だろう。

やはりこの人は自然の中にいる時が一番綺麗《きれい》なのだな。

そう思いながら、女神官はそっと妖精弓手に囁《ささや》きかけた。

「夕べは、どうでした……?」

「どうもこうも、ちょっといろいろお喋《しゃべ》りしただけよ」

妖精弓手はくすぐったそうにその長耳を震わせて、友人に応じる。

目配《めくば》せをした先では、馬玲姫《バートル》が草原に駒《こま》を進めていた。

昨日の気落ちっぷりは失せたようだが、その表情は硬い。

幼い馬人《ケンタウロス》の少女はきっと唇を結んで、真《ま》っ直《す》ぐに前方を見据えている。

あるいは、先陣に立って無言のまま進む、薄汚れた冒険者の背中を。

彼女の頭上にぴんと立つ馬の耳だけが、会話を聞き逃さぬよう横を向いている。

「……金に困って、姫様を売った、と？」

「そいつを確かめるには、当の本人の頭がぐしゃぐしゃのぱあよ」

死人占い師《ネクロマンサー》を連れてきたところで、あれではしようがない。鉱人道士は笑った。

まあ元より、死した者の魂を循環に還していくのが善き死人占い師の在り方だ。

現世のもめ事の解決が、未練の解消に繋《つな》がるというのも、生者の勝手だろう。

「んで、かみきり丸は現場を検《あらた》めようとしてんだと思っとったが……」

「いや」

皆を郊外に連れ出してからここまで一言も口を聞かない男が、ぼそりと言った。

「ゴブリンの痕跡《こんせき》を探りにきた」

そして、冒険者たちは顔を見合わせた。

表情に浮かぶ感情は「やれやれ」だとか「知っていた」だとかだろう。

呆《あき》れと、慣れと、親しみと、徒労感との入り交じった、身内に通じる共感。

当然それを知らぬ馬玲姫が、大刀《だいとう》の柄《つか》をひっつかまんばかりに声を荒らげた。

「ひ、姫様の行方《ゆくえ》を捜すのが貴様の依頼だろう……!!」

「それだ」

対して、ゴブリンスレイヤーの返事は極《きわ》めて端的で、切りつけるように鋭い。

「そもそも馬車屋だの教官殺しの動機だのは、銀星号《ぎんせい》の行方と関係あるまい」

あんまりといえば、あんまりな意見であった。

冒険者たちは再度顔を見合わせる。馬玲姫すら、何を言って良いかわからぬよう。

ややあって妖精弓手が代表するように、声を尖《とが》らせた。

「……どういうことよ?」

「そのままの意味だ」

「それがわからないから聞いているの」

ふむ。小さく唸《うな》ったゴブリンスレイヤーは、改めて、己《おのれ》の考えを口にする。

「少なくとも馬人の姫が攫《さら》われた事は、彼女がこの街から消えた事に繋がらん」

「ま、確かに迂遠《うえん》ではありますな」

補うように、蜥蜴僧侶が首肯する。

蜥蜴人《リザードマン》はその鱗の生えた手指の爪《つめ》を折るように、一本ずつ曲げて、

「群れから騙《だま》して攫って売り飛ばし、それを教官を殺してまた攫う」

と、一つずつ並べていくと——うん、これはやはり、無理がある。

鉱人道士が酒を一口呷って知恵を巡らせて、は、と酒臭い息を吐いた。

「二重取引を企《たくら》んだつーても、もっと良い方法があらぁな」

かの鉱人の賢者とやらとて、このぐらいの事には気がつきそうなものだ。

もっともあれは創作だということで、鉱人は同一視されるのを嫌がるけれど。

「……計画は、なるべく単純明快な方が上手《うま》くいきますものね」

そうした皆の話を聞いていた女神官が、人差し指を唇に当てて呟《つぶや》く。

聡《さと》い娘だ。経験不足ではあっても、逐一先達から学びを得ている少女である。

「逃げたなら街か、部族に戻る。どちらでもない以上、攫われたのは確か……」

そうした薫陶《くんとう》の賜物《たまもの》で、落ち着いて思案《しあん》すれば——答えも見えてくる。

「なるほど、確かにそれはゴブリンですね」

「ええ……」

妖精弓手がげんなり顔をし、馬玲姫は困惑に蹄《ひづめ》で草をひっかいた。

「どういう事なんだ、姫様は——……!!」

「街外れにいた娘が一人、消えた。近くには徘徊《はいかい》する小鬼どもがいた」

ゴブリンスレイヤーは淡々と、ただ事実を並び立て、そして言い切った。

「であれば、ゴブリンに攫われたと考えるべきだ」

§

現場とされた場所は、言われなければわからぬほど、何の変哲もなかった。

草と、泥。雨は全《すべ》てを洗い流し、殺害の痕跡も、誘拐の痕跡もない。

だがゴブリンスレイヤーはかまわずに這《は》いつくばり、茂みへと手を突っ込んだ。

「大司教《アークビショップ》が知らんのなら、冒険者ギルドには小鬼の情報がないという事だろう」

銀星号と馬人の姫を確かめるには、競技場と養成所の訪問は有意義であった。

しかしそれ以上の必要性を一切《いっさい》見出せぬままに、彼は探索を続けたのだろう。

「だから裏社会を探った。小鬼の話はなかったが、怪しげな魔術師の話を聞けた」

「魔術師とな？」

鉱人道士の問いに、彼は「ああ」と短く頷いた。

「曰《いわ》く、何度殺しても蘇《よみがえ》る不死身の魔術師とやらが、西の辺境に流れてきたそうだ」

「不死身か」鉱人道士は面白《おもしろ》くもなさそうに鼻を鳴らした。「眉唾《まゆつば》だのう」

そんなものがこの四方世界《しほうせかい》に、有史以来あった試しがない。

上の森人ですら死ぬのだ。手軽な蘇生というものはありえない。

神々の奇跡によって──真の意味での奇跡だ──勇者が蘇る。

そうした叙事詩に謳《うた》われるような一幕にのみ、それは語られるものだ。

不死身。そんなものはありえない。アンデッドを不死と言うのも馬鹿《ばか》げている。

なんと言っても、連中は死んだから起き上がるものなのだから。

「だがそういった手合《てあい》が小鬼を従えている事は、何度か経験している」

少なくとも突然西方辺境に小鬼の放浪氏族が現れたこと。

そして街の近くで娘が一人攫われたこと。

他の者であればより良く見て、観察し、調査し、推理をするのだろう。

だが、この男にかかれば全ては小鬼の仕業《しわざ》に帰結する。

「決まりだ」

ゴブリンスレイヤーは、確信を持って言い切った。

「……都市の冒険って、これで良いのでしょうか」

「よくないと思う……」

妖精弓手は顔を覆いながら、女神官の認識を訂正すべく懸命に呟いた。

だがきっとあまり効果はないだろう。どんどんこの少女は毒されていく。

──ああ、もう、結局ゴブリンじゃないの……！

《宿命》と《偶然》に呪いあれ。

上の森人ははしたなく「ガイギャックス」などとは罵《ののし》らないものだ。

「というか証拠は――……」

「あったぞ」

ゴブリンスレイヤーが藪《やぶ》の中から摑《つか》みあげたのは、獣の糞であった。

狼《おおかみ》の糞――あるいは、悪魔犬《ワーグ》の糞。

妖精弓手が顔をしかめ、典雅《てんが》な上の森人の言葉で何事か短く罵った。

その意味は女神官にはさっぱりわからず、詩でも吟《ぎん》じているようだったが。

「……なぜ誰も気づかなかったのだ？」

「連中が探していたのは馬人の蹄跡《ひづめあと》や人の足跡であって、小鬼ではない」

「……では、本当に姫様は小鬼に攫われたのか？」

「わからん」

蹄を進めて近づき、その獣糞を覗《のぞ》き込んだ馬玲姫が、目を細める。

彼女の知識でも、それは確かに悪魔犬の糞である事は確かに思えた。

この男が――みすぼらしい男が、適当を吹聴しているわけでは、あるまい。

そんな人物であれば妖精弓手も、女神官も、彼と同道などはしまい。

「だから、確かめに行く。そしていずれにせよ、ゴブリンどもは皆殺しだ」

鉄兜《てつかぶと》の庇《ひさし》の奥。そこにどんな瞳《ひとみ》が隠れているのか、馬玲姫にはわからない。

しかし妖精弓手が呆れながらも頭の後ろで腕を組み、受け入れている事。

女神官がしっかりと両手で錫杖《しゃくじょう》を握り、平原の彼方《かなた》を見据えている事。

その二つについては、理解できた。

「問題はあるか？」

馬玲姫は言った。

「……ない」

§

かくして冒険者たちは再び、広野を行く事となった。

荷物を背負い、徒歩《かち》で、だ。

当《あ》て所《ど》なく草原を進むのであれば、馬車は小回りが利《き》かない。

となれば古典的《クラシカル》と言われようが、原点に立ち戻るだけの事。

輝ける鎖帷子《チェインメイル》纏《まと》いしはじめの冒険者以来の伝統である。

四方世界に刻まれた格子《グリッド》と升目《ヘクス》の上を、彼らは進む。

「……どこへ向かっているのだ」

「ゴブリンを探している」

不平や不満ではなく、疑問と確認のやりとりが、馬玲姫と小鬼殺しの間であった。
遮《さえぎ》るもののない草原にさす太陽の光は、砂漠のそれと似て過酷なものだ。
足下の砂からの照り返しがないだけ、暑さについてはマシではあったけれど。
だが、それは過酷であっても厳しいものではない。冒険者にとっては。
森人も鉱人も、ましてや蜥蜴人も、決して長距離を歩く事に適した種ではない。
彼らが周囲を警戒し、草を踏みしめて延々進めるのは、ひとえに経験の賜物だ。
こういう状況で、圧倒的に強いのは、常に只人《ヒューム》であった。
汗をかき、息を切らせながらも、黙々と歩いていける。
単純な速度でも、膂力《りょりょく》でも他の種には劣るだろうに――……。
「只人が諦《あきら》めない種族だっていうのも、限度があるわよね」
呆れた、なんて。妖精弓手が、前を行く女神官の背を見て笑った。
ちっぽけで華奢《きゃしゃ》で頼りない背中なのに、今ではすっかりこの通りだ。
それが嬉《うれ》しくもあり、寂《さび》しくもあった。姉の警告も、今は少しわかる。
「大丈夫？」
「……なんとも、ない……っ」
だから彼女はそれを誤魔化《ごまか》すように、傍《かたわ》らで歯を食いしばる馬玲姫へ問うた。
馬人の少女とて遊牧の民だ。多少の長距離移動は、当然慣れている。

しかしそれでも――十里近い距離を、ひたすら黙々と進む事は、不慣れだ。

途中途中に小休止を挟んだところで、蓄積される疲労への耐性がない。

「ま、無理はせん方が良かろうよ。いざって時にゃいくさ働きせにゃならん」

本番はまだ後。そこを心得ている鉱人道士は、馬玲姫に手を差し出した。

その分厚い掌《てのひら》の上に載っているのは、どこで調達したか、干し杏《あんず》。

「……助かる」

「なんのなんの」

最初の頃は刺々《とげとげ》しかった視線も、数日行動を共にすれば和《やわ》らぐもの。

あるいは単に弱っただけかもしれないが、少女は素直に干し杏を摘《つ》まんだ。

「あ、私ももらう！」

「子供かお前は」

良いじゃないのと言う上の森人にも杏を渡し、鉱人道士は酒を呷った。

日はそろそろ頭を越えて、傾《かたむ》き出す頃合《ころあ》いだ。

同じく天を見上げていた蜥蜴僧侶が、先頭へ向けて声をあげた。

「ここでバテてはどもこもなりませぬしな。小鬼殺し殿！」

「うむ」

呼ばわれて、ゴブリンスレイヤーは立ち止まった。

傍らを行く女神官も足を止める。瀟《しょう》、と。手にした錫杖が涼やかに鳴った。

「野営ですか?」

「頃合いだからな」

女神官とて、寺院にいた頃からは想像もできないほど旅慣れたものだ。

水の街、王都、雪山、森人の里、砂漠、北海、迷宮に遺跡。

その中にあって――……。

――そういえば、ひたすら広野を歩いて行くことは。

あまり経験がなかったな、なんて。今更に気づいて、少し笑った。

暗くなる前に野営の備えを始めておく心得は、いつのまにか学んだのに。

――この人は。

ゴブリンスレイヤーは、そういう冒険も経験してきたのだろうか。

女神官はわからないままに、ぽつりと呟いた。

「ゴブリン、見つかりませんね」

「まあ、どうとでもなろう」

ゴブリンスレイヤーは緑の海原、その四方を睨《にら》みつけて、低く唸った。

「いずれ、連中の方から来る」

§

そうしている内に、夜が来る。

空には煌々と赤と緑の双月が灯《とも》り、地上においてはぱちりぱちりと焚《た》き火《び》が弾《はじ》けた。

冒険者らは思い思いに身を休め、あるいは周辺を警戒する。

術者は眠り、見張りを務めるのは戦士と野伏。

途中で起こされずぐっすり眠りたいからと、先番をやるのは妖精弓手だ。

それはいつも通り、四方世界で幾度となく繰り広げられた、冒険の一幕。

ただ——冒険者でない者にとっては、不慣れな状況では、あった。

寝床代わりに敷かれた毛布の上で、馬玲姫の馬体が身じろぎをする。

だから膝《ひざ》を折ってうずくまっている馬人に、彼女がそっと歩み寄るのも当然の事。

「眠れませんか？」

女神官は、見張りをしている仲間の邪魔をしないよう、静かに囁きかけた。

「……………」長い沈黙の後で「……ああ」と彼女は頷いた。

「部族《ウルス》では天幕を張って、その下で寝ていたからな……」

「わたしたちはかさばるので、あまり持ち歩かないのですけれど……」

「冒険者どもの使う類《たぐい》とは物が違う。我らの天幕《ゲル》は、家だからな」

馬玲姫はそう言って、僅《わず》かに笑った。

中央に柱を立て、屋根を作り、柵で囲って、それから布を巻くのだという。

「扉も、屋根もある。中には家具も、かまどだってあるのだ」

「かまどまで……！」

思わず女神官は目を瞬《また》かせた。そんな天幕は、見たことがない。

よっぽど大がかりなものではないのだろうか。持ち運べるかまど、なんて。

想像もつかない。子供のような女神官の様子に、馬玲姫は目を細め、天を仰《あお》ぐ。

「だから……星の下で眠るのは、なかなかに落ち着かない」

「わたしも。……最初の頃は、ドキドキしましたよ」

女神官は、馬玲姫の体に寄り添うようにして、膝を抱えて座った。

初めての野営は、どの時だったろう。皆と遺跡へ向かう折だったろうか。

草原を渡る風は冷たく、月々や星々の輝きも寒々しいものだ。

けれど馬人の体は温かいのだなと、女神官はその温《ぬく》もりに、息を吐く。

そしてようやく、自分が水袋を持ってきていた事を思い出した。

「お飲みになりますか？」

「……ん。頂こう」

馬玲姫はぺたりと耳を垂らして、存外素直に水袋を両手で受け取った。

彼女は自分で中身を口に含むよりも前に、何滴かを右手の中指に垂らす。

そしてその雫《しずく》を天地へと弾いてから、ごくりと喉《のど》を鳴らして水袋を呷った。

「それは？」

何度か、食事の折に彼女がそうした仕草をするのを目にしていた。

女神官が問いかけると、馬人の娘は「ううん」と少し考えたようだった。

「天地《あまつち》への、……感謝、だな」

どう言ったものか。まとめるのに手間取り、はにかむような笑みが浮かぶ。

「習慣になっていてな。意味を考えるより先に、そうするのが当然なのだ」

「ああ……」

自分にとっての祈りのようなものだな、と。女神官は頷いた。

信仰というのは、究極、そういうものなのだ。

息を吸うのと同じように、なければ生きていけず、考えずとも行うもの。

——とても、とても。

自分はその域には届かないものだけれど。

「ん……」

と、馬玲姫が無言のまま、女神官へと水袋を突き出してきた。

「あ、えと」と女神官は少し躊躇《ためら》った後「ありがとうございます？」と受け取る。

「お前のものだろうに」

「……そうですね」

馬玲姫が仕方のないやつと笑って、女神官は照れ照れと頬を掻《か》く。

何故《なぜ》だか人からそう言われるのは、あまり嫌な気分ではなかった。

葡萄酒《ぶどうしゅ》を混ぜた水を、んく、んく、と女神官は口に含み、嚥下《えんげ》する。

月と星と焚き火に照らされるその横顔を、馬玲姫はじっと見つめていた。

「……どうして、お前は冒険者をやっているんだ？」

そして火の粉の弾ける音の狭間《はざま》に、そんな問いかけが転がり落ちた。

「どうして……？」

「私にはわからない。姉上が何故離れたのか。姫様が街に向かった理由も」

それは、残された者の言葉だった。

女神官が今までに聞いた事のない、言葉だった。

「戦いたいならいくさもある。我らだとて競争はやる。栄誉だって手に入る」

友がいて、家族がいる。日々の営《いとな》みがあって、喜びも悲しみもある。

転々流々《てんてんりゅうりゅう》と移り住みながらも、けれど暮らす場所は、決して変わらない。

「草原《くさはら》は、良いところだ」

馬玲姫は、夜空の下、どこまでも広がる暗い海原を眺《なが》めて、そう言った。

風が吹けば、夜闇《よやみ》の中で草々が波打って流れていく。葉擦《はず》れの音は、潮騒《しおさい》だ。

「ここが私の故郷だ。それでは不満なのか？」

「それは……」

「……森人の姫君ですら故郷から飛び出したと、ゆうべに聞いた」

馬玲姫の言葉は女神官へと問いながらも、まるで独り言のような声音《こわね》だった。

「そんなに……嫌なもの、なのか？」

「……わからないですね」

女神官は、抱えた膝に頬を埋めるようにして、ぽつりと答えた。

「私はお姫様でも、お姉さんでもないですから」

「……そうか」

そうだな、と。馬玲姫の声が僅かに和らいだ。

馬人ではないからと、そう言わなかったせいだろうか。

あるいは、変な共感や同情ではなかったからだろうか。

それだって、女神官にはわからない事だったけれども。

「でも、冒険者を続けている理由は――……」

わかる。そう言って良いのだろうか。女神官は膝を抱えて、呟いた。

わかるというほどに、熟達した冒険者ではないのだ。

もっと経験豊富な冒険者はいる。一党《パーティ》を組んでいる皆がそうだ。
──ゴブリンスレイヤーさんは。
どうなのだろう。今に至るまで、彼が何故この道を選んだのかは、知らない。
小鬼殺しを続けている理由は、わかる。やらねばならぬ事だと、信じている。
それは女神官とても同じだ。
守り、癒《い》やし、救え。
幼い頃から刻み込まれた、地母神《ちぼしん》の教えは、彼女の人生の指標となっている。
では、何故冒険者をしているのか。
それは。
きっと。
「冒険が、したいんですよ」
それしか、なかった。
今度は、馬玲姫がぱちくりと瞬《まばた》きをする番だった。
「冒険が……？」
はい。女神官は微笑《ほほえ》んで、頷いた。
見張りについている友達の長い耳には、きっと聞こえてしまう。
それは少しばかり照れくさかったが──……言うことに、ためらいはない。

「だって、思いもよらぬ事ばかり起こるんですもの」

竜と戦うことなんて、想像もしていなかった。

北の海で奥方《フースフレイヤ》と仲良くなれるなんて、考えたこともなかった。

妖精弓手――それに女商人や、王妹《おうまい》という得難《えがた》い友人と出会うことも、だ。

王妹については、初対面の時はひどく苛立《いらだ》ち、怒ったものだけれど。

良いことばかりではなかった。悪いこと、悲しいことだって、多くあった。

初めてできた仲間たちと、一緒に旅をできていたらどうなっただろう。

それを思う度に、今も彼女の小さな胸はちくりと痛み、疼《うず》く。

それでも、冒険をしていなければ――……。

「馬人のお姫様と、こうしてお話しする事だって、なかったわけですし？」

「……私は姫ではない」

「わたしから見れば、お姫様ですけどね」

馬人の部族の、武家の、良いところのお嬢さん。

つまり只人の貴族、騎士のお家のご令嬢といったところだ。

――うん、じゅうぶん、お姫様だ。

両親の顔も知らず、孤児として地母神の寺院で育った自分とは違う。

その境遇を不幸に思った事は、本当に幼い頃だけだったけれど。

そんな自分が今こうして大勢の人と知り合えたのは、冒険をしたからだ。

「……からかわないでくれ」

馬玲姫の耳がぺたんと垂れた。唇を尖らせる頬が赤いのは、炎のせいではない。

「ふふ、からかってはいないですよ？」

「いや、からかっている。絶対にそうだ……っ」

その顔がそうだ、と。馬玲姫が女神官を半眼になって睨みつける。

女神官はくすくすと笑った。「違いますよ」と言いながら。

本当は眠らねばならないのに、夜更《よふ》かしをして、友達と語らう。

これを油断や慢心などと言って誹《そし》る者もいよう。

しかし、こうした一時すらない冒険は、決して冒険とは呼べない。

他愛《たあい》のない、罪のないじゃれ合いだ。

しかし、そんな程度の事すら許せぬ輩《やから》が四方世界にはいるものだ。

それに真っ先に気がついたのは、妖精弓手であった。

「……ん」

彼女は耳をひくりと震わせて、素早く手を伸ばして弓を手繰《たぐ》り寄せた。

その気配に、小鬼殺しが気づかぬはずもない。

「……ゴブリンか？」

機敏とはいえぬ、けれど手慣れた仕草で彼は身を起こしていた。

手早く装備の留め具を締めるゴブリンスレイヤーに、妖精弓手が頷く。

「忌々《いまいま》しい事にね」

「よし」

「良くない」

「同感だ」

本気で言っているんだから質《たち》が悪い。妖精弓手は鼻を鳴らした。

その時にはすでに、事態を察知した女神官が術者二人を起こしにかかっている。

「んお……？」

「敵みたいです……！」

「よもや、よもや！」

揺さぶられた鉱人道士が夢中より目覚め、戦の気配に蜥蜴僧侶が尾を打つ。

ぶるりと巨体を震わせてのっそりと立ち上がる姿は、竜さながらだ。

「いやはや、くさはらの夜は冷えますする。血を温める猶予はありますかな？」

「お酒ならありますけれどね」

くすりと、女神官は緊張を滲《にじ》ませながらも微笑んだ。

戦いにおいても、常に多少の余裕――せめて軽口を叩《たた》く程度には。

かの女騎士がいくさ場で見せたようにはいかずとも、真似《まね》くらいはできる。

「数はどんぐらいだ、耳長の」

「悪魔犬の唸り声と混ざってるからなあ……」

のそのそと身を起こし、触媒の詰まった鞄《かばん》を手繰り寄せる鉱人道士。

草をたたき落とす彼の問いかけに、妖精弓手は長耳をひくつかせた。

「三よりは多いんじゃない？　で、十まではいかないわよ、きっと」

「お前さんの数えられる限度じゃねえのかそら」

うるっさい鉱人。いつものやりとりでも、流石《さすが》に声は抑えている。

獣の臭い。汚れと垢《あか》じみた悪臭が、ふわりと、風に乗って漂いだした。

「予想はしておりましたかな」

「多少はな」

ぐいと水袋から葡萄酒を引っかけた蜥蜴僧侶に、ゴブリンスレイヤーは頷いた。

彼の目は兜の庇、草の海を透かして、爛々《らんらん》と燃えるけだものの瞳を見ていた。

奴《やつ》らにしてみれば、呑気《のんき》に野営している愚か者どもなのだろう。

「昼の平原で馬車を襲う馬鹿どもだ。夜の焚き火も見逃すまい」

「あっきれた」妖精弓手が顔をしかめた。「囮《おとり》にしたわけ？」

「そうだ」

「呆れた……」

「だが朗報だ」ゴブリンスレイヤーは言った。「まだ足りんと見る」

生け贄《いにえ》か、人手か、娯楽のためか。少なくとも馬人一人では足りない。

敵がまだ目的を達成していないのなら、銀星号は生きている目算がある。

ゼロではないから、一よりは多いになったのだ。朗報であった。

「……私は、どうすれば良い？」

その時には、馬玲姫も鎧具足を身に纏い、手に大刀を引っつかんでいる。

冒険に慣れていないとはいえ、武門の出だ。緊張はあれど恐怖はない。

「足をためておけ」

中途半端《ちゅうとはんぱ》な長剣を引き抜いたゴブリンスレイヤーが、短く言った。

「やってもらわねばならん事がある」

「それはなんだ……」

「その時に言う」

会話は、そこで一瞬途絶えた。

気配だとか殺気だとかいう、言葉にできぬものを察知したわけではない。

だが経験則から、導き出される機——予感というものは、ある。

距離を詰めて、獲物に襲いかかる一瞬。

焚き火を背に四方を囲んで陣を組んだ冒険者が、身構える。

闇の中、押し寄せる臭い。がさがさという草の擦《こす》れる音。風のそれでは、ない。

誰《だれ》かが――緊張に、小さく唾を飲む。その、瞬間。

「GROORGB!!!!」

草むらから、野生の小鬼どもが飛び出してきた。

§

「WAROOGB!?」

無論、予想していれば対処は容易だ。

飛びかかってきた悪魔犬。その下にゴブリンスレイヤーは潜り込み、心臓を貫く。

肋骨《ろっこつ》の間に滑り込んだ刃は騎獣の息の根を止め、しかし勢いは殺されない。

速度そのまま後方へ突き抜けるのに任せ、ゴブリンスレイヤーは剣を抜いた。

「一つ……!」

「GBBROG!?」

そして転げ落ちた小鬼の乗り手、その眼窩《がんか》へ逆手に刃を突き立てた。

ゴブリンは末期に病的な痙攣《けいれん》を引き起こしたが、もはやその魂は地上にはない。

「何匹だ」

「あと八ってところね！」

叫びながら妖精弓手が、その手にした長弓を引き絞った。

その矢は地面すれすれの闇を突き抜けて藪に飛び込む瞬間、僅かに弾《はず》む。

「WARG⁉」

「GBOG！？！？」

悲鳴は二つ。乗騎と小鬼の顎《あご》を真下から一射で貫き、妖精弓手は唇を舐《な》めた。

「併せて十六で、残りは十四！」

「よし……！」

焚き火の傍《そば》に女神官と馬玲姫を置き、四方を固めた冒険者たち。

だが小鬼にしてみれば多勢に無勢《ぶぜい》だ。押し寄せて、潰《つぶ》す。それしか考えはない。

故に、連携など考えもしない。

のろまな馬鹿は放っておいて、真っ先に飛び込んだ自分が一番だ。

間抜けな奴に先に行かせて囮にし、賢い自分は美味《おい》しいところを頂く。

概《おおむ》ねその自己中心的な二つによって、小鬼どもは逐次飛びかかってくるのだ。

「奇跡は、まだ控えておきます……！」

女神官は四方へ目を配りながら、焚き火の傍で錫杖を構える。

暗視のできぬ身である事は、なかなかに口惜《くや》しい。

けれど、冒険というのは常に役割分担だ。馬玲姫共々、控えるのが今は正解。

「近づかれたら、その時はお願いしますね」

「……ああ」と馬玲姫が、緊張を滲ませて頷いた。「任せてくれ」

「こっちは射撃で抑えるけど……！」

その間も、文字通り矢継ぎ早に射撃を繰り出す妖精弓手が、顔をしかめた。

「万一にでも抜かれちゃうと面倒よね、騎兵は！」

「どうれ、ほんなら術の使いどころかの……！」

となれば鉱人道士が触媒の詰まった鞄から、油の壺《つぼ》を取り出している。

彼はそれを躊躇《ちゅうちょ》なく周囲の草原に向け、叩き付けるように投じた。

「《妖精よ、妖精よ、忘れ物のお返しだ。金はいらねど幸いおくれ》！」

するとどうしたことだろう！　壺からは果てなく油が溢《あふ》れ出るではないか。

見る間に芳《かぐわ》しい匂《にお》いの油が草原一帯を覆い、てらてらと夜露のように煌《きら》めいた。

「ＧＯＲＯＧＧＢ！？！？」

「ＷＡＧＧＲＧ⁉」

無遠慮にそこへ踏み込めば、待っているのは転倒と、落馬――落犬だ。

運の悪い一匹が地面に頭から落ちて、首をあらぬ方向に折り曲げて死んだ。

そうでない者が起き上がろうにも、ぬめる油の中で七転八倒するより他ない。

「ホントは癒やしの油だっつー話だがの」

鉱人道士は、油を止めるべく金貨を一枚、指で弾いて飛ばした。

その金貨が落ちると同時、ぴたりと壺から油が切れるのだから不思議なものだ。

「火でもつけたいところだ」

「やめてよね……！」

溺《おぼ》れるように手足を動かす小鬼を、小鬼殺しの短剣と妖精弓手の矢が貫く。

しかし油の海を越え、あるいは避け、押し寄せてくる運の良い小鬼どももいる。

あるいは乗騎たる悪魔犬の賢さであろうか。

少なくとも小鬼の技量が何らかの寄与をしたという事は、なさそうだった。

「おお、拙僧《せっそう》を狙《ねら》うか……！」

しかしその中でも蜥蜴僧侶に飛びかかってきた一騎は、とびっきりに不運だ。

「気骨のある奴だ、善哉《よきかな》!!」

「WARGGGG……!?」

喉笛《のどぶえ》を狙った悪魔犬の牙《きば》は、しかし閉じられる事はない。

鱗に覆われた両手ががっしりと両顎を握りしめ、牙ごとみしみしと砕いていた。

「GBBB……!?　GOROGBB!!？」

慌てふためいて鞍上《あんじょう》のゴブリンが錆《さ》びた槍《やり》を振るうが、鱗を貫くには至らない。

「イィイヤアアッ!!」

そして、悪魔犬は悲鳴も上げられずに二枚に引き裂かれた。

毛皮が破れ筋肉が弾け、血飛沫《ちしぶき》と共に内臓がバラバラと飛び散り四散する。

「GROOGB！　GOBBGRGBB!!」

臓物のただ中に転げ落ちたゴブリンは、訳もわからずに吠《ほ》え猛《たけ》る。

八割は悪魔犬に対しての悪態で、二割は自分を殺し損ねた冒険者への嘲《あざけ》りだ。

「もらった！」

「GOROGB！？！？」

故にそのどちらでもない馬玲姫の大刀が、小鬼の頭蓋を薪《まき》のように割った。

二つに分かれた頭蓋から零《こぼ》れた脳漿《のうしょう》に血振りをくれ、馬玲姫は刃を構え直す。

その唇から、思わずといった風に呟きが漏《も》れた。

「見事なものだな……」

「ははは、拙僧の膂力ですかな。それとも術士どのの手妻《てづま》か」

「……両方だ！」

ははは。蜥蜴僧侶の豪快な笑い声が、夜の平原に木霊《こだま》する。

それは竜の咆吼《ほうこう》にも似て、悪魔犬——小鬼ではない——を怯《おび》えさせるには十分だ。

もとより小鬼を主人とも思っていない彼らは、小鬼よりも賢明であった。

「WARG！　WWAAAAARG!!」

「WARGGGG！！！」

迷うことなく乗り手を振り落とし、文字通り尻尾を巻いて広野へ駆けだしたのだ。

そうなってしまえば、残るのはただの小鬼どもが数匹ばかりでしかない。

ましてやその内の半分近くは、油まみれでのたうち回っているともなれば。

「……ふむ」

ゴブリンスレイヤーはそうした一体を、淡々と刺殺しながら低く唸った。

「小鬼との野戦が、こうも簡単に片付くものか」

「数も少ないし、こんなもんじゃないの？」

こうなってしまえば、もう矢を使うのも勿体《もったい》ない。

黒曜石の短刀を抜いた妖精弓手が、同じようにして喉を掻ききり、顔をしかめた。

何度やっても、こうした作業めいた殺戮《さつりく》というのは、慣れない。

戦いの結果だから――今回はまだ、マシな方だけれども。

「GOORGB……!!」

だが、そんな状況でも油まみれの一匹がのたのたと、立ち上がるのは見逃さない。

――まったく、ゴブリンは本当にしぶとい……！

妖精弓手ははしたなく舌を打って、素早く短刀を大弓へと持ち替える。

「殺すな」とゴブリンスレイヤーが鋭く言った。「急所を外せ」

「ええ……？」

怪訝《けげん》な声と共に放たれた矢は、しかし射手の望み通りの結果をもたらした。

「GOBG！？！？」

悲鳴と共に肩口に矢を埋めた小鬼は草原に転げ、すぐに起き上がって走りだす。

上の森人の射撃は、魔術《スペル》にも似た技術《スキル》なのだ。

もっとも、件《くだん》の小鬼は自分が生かされたなどとは思いもよるまい。

間抜けな森人が仕損じたのだ、と。嘲っている事は——いささか不満だったが。

「オルクボルグ、前もそんな事言ってなかったっけ……？」

前、だなんて。上の森人が言うものだから、女神官は笑ってしまった。

馬玲姫が怪訝な顔をしてこちらを見るので、「何でもないです」と咳払《せきばら》いを一つ。

「追跡ですか？」

周囲の小鬼が息絶えているのを確認、用心しいしい、女神官は尋《たず》ねる。

焚き火の明かりがあるとはいえ、夜闇はゴブリンの味方だ。

小鬼の死んだふりは、一度ならず驚かされた事もある——……。

「ああ。手負いならば、真っ直ぐに群れへ戻るだろう。余所事《よそごと》も考えん」

頷いたゴブリンスレイヤーが、妖精弓手と馬玲姫の方へと向き直った。

「二人で追え。気取《けど》られるな」

妖精弓手がぱちくりと、目を瞬かせた。

細く白い指先が、自分と、それから馬人の娘を指す。

「二人で？」

「見張りと、伝令だ。上の森人なら夜目が利く。足の速さは馬人が上だ」

安っぽい鉄兜が、ぐるりと馬玲姫の顔を見やった。

夜の闇の中、月と星と炎の光があっても、庇の奥は窺《うかが》えない。

けれど馬玲姫の目には、それは「できるな」と言われているように思えた。

「ねぐらを突き止める。銀星号がいるやもしれん」

「……ッ！」彼女は唇をぎゅっと噛《か》み締《し》め、頷いた。「わかった……！」

「ほら、行きましょ！」

妖精弓手が軽《かろ》やかに、馬玲姫の馬体、その腰の辺りを叩いた。

そして二人は、風のように小鬼の後を追って駆けだした。

もちろん、馬人の速度というのは比類なきものだ。

上の森人といえども、広野では到底並んで走る事はできないだろう。

だが蹄音を立てぬように速度を落としているならば、別だ。

あるいは——馬玲姫が妖精弓手にあわせているのであれば。

女神官は、きっと後者だろうと、そう信じて二人の背を見送った。

「さしあたって、敵がいるのは間違いないようですな」

全身にまとわりついた返り血をぶるりと払い、蜥蜴僧侶が尾で地を打った。

「馬人一人では足りておらぬ様子。奴ばらは、飢えて乾いている、と」

「ああ」

ゴブリンスレイヤーは、ゆっくりと鉄兜を上下させた。小鬼はそういうものだ。

彼は雑嚢《ざつのう》から水袋を引っ張りだし、兜の隙間《すきま》からがぶりと呷った。

小鬼との野戦は、もっと苦戦するものと思っていた。

負けはしないまでも、時間を食うと見込んでいたのだ。

これほどに手早く片付いたのは、まったく、僥倖《ぎょうこう》であった。

「とはいえ、術を一つ切った。あの娘が戻るまで、休んでおくべきだな」

「勝手に突っ込んじまうかもしれんぜ？」

鉱人道士は、自分でもそうは思っていないような口ぶりで言った。

彼は放り投げた油壺を拾い上げ、丁寧に拭《ぬぐ》って鞄にしまっている。

やはり不思議なことに、投じた金貨はどこかへ消えてしまったようだった。

「そうはなるまい」

「ま、耳長娘がついてりゃあ、そらそうだろうがの」

うむ。鉄兜が鉱人道士の言葉に頷き、鉱人はその髭面《ひげづら》の奥で目を細めた。

この無愛想な男が、それでいて存外、仲間に信を置いているのは周知の事だ。

それでも、僅かずつであれ、表に出すようになったのは——……。

——……あの跳ねっ返りが聞いたら調子に乗るかんなぁ。

ここは酒の肴として、黙っておく方が面白かろう。

鉱人道士は腰の酒を持ち上げ、戦勝の前祝いとばかり、がぶがぶと呑《の》んだ。

なに、酒を呑まぬ鉱人と呑んだ鉱人ならば、後者の方が勝つのは道理である。

「それに」とゴブリンスレイヤーは言った。

「何も任されないのはつらいのだろう?」

女神官は、ぱちくりと目を瞬かせた。言葉は彼女へと向けられたものだった。

それはもうずいぶんと前に、冬の雪山で彼へ伝えた言葉だった。

「ええっ」

だから女神官は、その平坦《へいたん》な胸を精一杯誇らしげに反《そ》らして、微笑んだ。

「そうですね!」

§

蹄の音がゴブリンスレイヤーの耳へと届いたのは、夜明けが近くなった頃だ。
結跏趺坐《けっかふざ》して瞑想する鉱人道士を中心に、思い思いに休む術者たち。
彼らを守るようにうずくまっていたその男は、朽ち果てた鎧のようにも思えた。
眠っているか起きているかどうか定かでもない甲冑《かっちゅう》が、不意に声を発する。
「どうだった」
駆け戻ってきた馬玲姫は、一瞬、ぎょっとしたように表情を強《こわ》ばらせた。
あるいは、それはこれからの迫り来る戦いに際しての緊張かもしれないが。
「見つけた」と彼女は硬い声で言った。「……案内する、こっちだ」
距離は、さほどのものではなかった。
馬玲姫に促されるまま、一党《パーティ》は黎明《れいめい》の光差す草原を足早に移動し始めた。
紫色の光に波打つ草の狭間を、ざざざざと掻《か》き分《わ》けるようにしてひた走る。
松明《たいまつ》は使わない。
夜闇は小鬼の味方だからといって、わざわざ接近を教えてやる必要はない。
洞窟《どうくつ》の中と、広野とでは、状況が違うものだ。
くあ、と。女神官の口からは、どうしても欠伸《あくび》が漏れてしまう。
しっかりと休んだはずなのに……短い眠りを細切れにとったせいだろうか。

鉱人道士は平然としている辺り、これは鍛え方の差のようにも思えた。

蜥蜴僧侶については——蜥蜴人の眠そうな顔、というのは、よくわからないが。

ふと女神官は、馬玲姫の後を無言で追う、薄汚れた革鎧の背中を見やった。

不寝番《ふしんばん》を続けているのに、この男の動きはまるで鈍る気配がない。

「……大丈夫ですか？」

「問題ない」と彼は言った。「俺《おれ》は片目を開けたままでも眠れる」

女神官には、それが嘘《うそ》か本当かわからなかったが。

「遅いわよ、オルクボルグ」

「そうか」

不意に草の海の中から、ひょこりと妖精弓手の声が飛んできた。

森人が、草原の精という圃人《レーア》と近しいとされる風評は本当かもしれない。

女神官は草葉の狭間に彼女の姿を見いだすのに、とても難儀した。

それぐらい、妖精弓手の姿は茂みに溶け込んでいるように思えたのだ。

「すまない、急いで案内したつもりだったが……」

馬玲姫がどこかしょんぼりと、気落ちした様子で耳を倒す。

「別にあなたには言ってないから」

妖精弓手は、軽やかに笑った。

その間も彼女の目は、彼方から逸《そ》らされることはない。

「どこだ」

「見ての通りよ」

地平線、昇り始めた太陽を遮るようにして、それはそびえ立っていた。

黒々とした、三角形の輪郭《りんかく》。

女神官はかつて訪れた砂漠で話にだけ聞いた、古代の王の陵墓を連想した。

自然にできたとは思えない、けれどどこの広野に誰がこのようなものを作るのか。

それは無数の岩が積み重なってできた、小高い岩山のようであった。

「あれは、なんですか？」

「塚山《オボー》の一つだ」

女神官の疑問に、馬玲姫が答えた。

「通りがかりに石を積み、無事を祈る。それを何百、何千年、繰り返してきた」

「何千年も……」

「馬人の、歩みの証拠だな」

女神官はまばたきをし、改めてまじまじと、その塚へ目を凝らした。

元から小高い丘――あるいは一枚岩か何かだったのだろう。

それが、広野を行く人々のよりどころとなった。

無数に積み上がった石、岩の高さは、馬人たちの思いの積み重ねに等しい。

「あれは煙草岩《たばこいわ》と呼んでいる」馬玲姫は目を細めた。「圃人の吸う煙の形だから」

だが、今この時ばかりは、そうではない。

岩山の周りには、おぞましき混沌の者どもが蠢《うごめ》いていた。

闇を押しのける太陽を忌々しく睨みつける、金色の目と緑色の肌の醜悪なもの。

——小鬼だ。

それが、いる。

十か、二十か。少なくとも十重二十重《とえはたえ》に煙草岩を取り巻いて。

ひょこ、ひょこ、と。煙草岩の影が動く辺りは、岩肌にもいるのだろう。

蜥蜴僧侶が、その顎の奥で戦意を唸らせ、にいと牙を剝《む》いて嗤《わら》った。

「やれやれ、小鬼ばらというのは敬意というものを知りませぬな」

「つーより、率いてる術者が冒瀆的《ぼうとく》なんだろうよ」

旅人の神たる交易神、その贈り物である風を汚さんというのだろう。

そう見立てた鉱人道士が、ろくなもんじゃあないと、毒づいた。

「おう、耳長の。例の、不死身の魔術師とやらはどこにおるかわかっか」

「たぶん、一番上。山のてっぺん」

上の森人の耳が、ひくひくとひくついて、細かく上下に揺れ動く。

「聞こえない？　変な声っていうか、歌っていうか……」
言われて、女神官も耳をそばだてた。
風に乗って──名状しがたい、意味の不明瞭な唸りが、微《かす》かに聞こえてくる。
神々を呪い、世界を呪い、四方に災いあれかしとのたまう、その言葉。
女神官は自身の痩軀《そうく》を、芯《しん》から冷たいものが貫いたように思えた。
小鬼どもが浮かべる下卑《げび》た嗤いを見た時と、同じように。
どこまでも己の事しか考えぬものの、それは典型のような祈りの言葉。
つまりは。
「……儀式、ですよね」
「間に合ったという事だ」
ゴブリンスレイヤーの結論は端的だった。
彼は不死身の魔術師とやらの儀式には、一切何の興味もなかった。
重要なのは、奴が小鬼を従えているという事だけだった。
そして儀式を執り行っている以上、生け贄はまだ無事だという事だった。
である以上、思考は次の段階へ進む。
──どうやって殺すか。
彼は跪《ひざまず》くようにして藪の中から、薄明かりに照らされた小鬼どもを睨んだ。

「狙撃《そげき》はできるか？」

「矢を届かせるだけならね」

問われて、妖精弓手は軽く肩を竦《すく》めた。

森人の弓は手業《てわざ》ではなく、眦《まなじり》でなく、魂魄《ことごとく》で撃つものだ。

遠距離の標的を射貫くことについては、彼女は造作もないことだと言った。

風も、距離も、高低差も、何一つとして上の森人を阻《はば》むものではない。

しかし――この場において、問題がないわけでもなかった。

「でも、お姫様がいるでしょ？　盾にされてるかもだし、ちょっと怖いな」

相手が矢避けの守りを敷いていたりする可能性だとて、ある。

致命的失敗《ファンブル》を恐れるようでは、冒険はできない。

だが致命的失敗を考慮できない冒険者は、長生きできない。

《宿命》と《偶然》は、常に付きまとうものだ。

ゴブリンスレイヤーは低く唸った。

「どう見る？」

「守りに易く、攻めるに難《かた》い地形でありますな」

四方世界で最も戦達者な種族はと問われれば、それは蜥蜴人であろう。

僧職であるところの蜥蜴僧侶もまたその一人であり、鋭い目が煙草岩を睨んだ。

「しかし防衛陣そのものは、薄いと見て取って良いかと」

「そうなんですか？」

小首を傾げた女神官に、蜥蜴人の長首が縦に動いた。

「なにせ、城壁防壁の類がありませぬのでな」

蜥蜴僧侶の鋭い爪が、地面にこう、と簡略化された絵図面を描く。

大きな丸。その四方に並べられる、無数の点。

なるほど、一見して敵の数は多い。しかれど、と。蜥蜴僧侶の顎が開いた。

「二十の兵を四方に並べれば、その数は五つ。戦力数の有利不利はさほどでは……」

「……ありません、ね」

なるほど。女神官は真剣な面持《おもも》ちで頷いた。戦遊戯《ネファタル》でやった所だ。

あの時に彼女が担当したのは、守る側の陣営だった。

それだけに攻撃を防いで王を逃がすのには、えらく苦慮したものだ。

今回、相手の目的は煙草岩の上で儀式を行うこと。

つまりあの場からの脱出を考えた時点で、相手のもくろみは崩れるのだ。

と、すれば――……。

「……思った以上に、こちらが有利かもしれませんね」

海綿が水を吸うように、女神官は経験を次々に身につけているらしい。

蜥蜴僧侶は、この幼く か弱く貧弱な少女の内に、竜を見た思いだった。

それはこの上なく、素晴らしい事だ。

「突き進めば、抜くのは容易《たやす》い。後は登攀《とうはん》をいかに迅速にやるかですな」

「……ふむ」と鉄兜の下で低い声。「術はどうだ?」

「問題ねえよ」と鉱人道士は鞄を叩いて請け負った。「触媒もまだあらあな」

術一つ分の消耗を取り戻すだけの休息は、十分にとっている。

こちらの呪的資源は十分。敵は小鬼。いつもの事だ。野戦は、気に入らないが。

——それでも、一人でやるよりはだいぶんとマシだ。

「数にいれて良いな?」

思案の中で、ゴブリンスレイヤーがそう問うたのは馬玲姫だった。

彼女は大刀の柄を握りしめ、ぎゅっと唇を噛み締めた後に、言った。

「今更だ」

強がりとも、空元気《からげんき》ともつかぬ、虚勢を張ったような声であった。

それでも瞳は震えておらず、きっと真っ直ぐに、薄汚れた鉄兜を睨む。

「私は、姫様を助け出しにここまで来たのだ」

よし。ゴブリンスレイヤーは頷いた。それならば、良いのだ。

「竜牙兵《ドラゴントゥースウォリアー》を出せ。手を増やす」

「承知、承知」

ゴブリンスレイヤーが鋭く言って、打てば響くように蜥蜴僧侶が応じる。

彼は懐《ふところ》より恐るべき竜の牙を幾つか摑み取ると、それを大地へ投じた。

「《禽竜《イワナ》の祖たる角にして爪よ、四足、二足、地に立ち駆けよ》！」

途端、牙はぶくぶくと泡立つように沸騰《ふっとう》し、膨れ上がった。

そして見る間にそれは骨として組み上がり、一体の戦士が大地に立つ。

「……う、お」馬玲姫が、竜の力を前に目を見開いた。「凄い、ものだな」

「ふふん」何故か妖精弓手がその薄い胸を反らした。「すごいでしょ！」

「何を威張っとるんだ、この金床は」

鉱人道士のぼやきに、一転して妖精弓手が「なにおう！」と嚙みついた。

喧々囂々《けんけんごうごう》。声こそ抑えてはいるが、常のやりとりだ。

馬玲姫がおろおろと困った様子になるのに、女神官はくすりと笑った。

大丈夫、これなら問題はない。

いつだって――こうした調子でいられるなら、冒険は上手くいくものだ。

「では、行きますか。ゴブリンスレイヤーさん？」

「ああ。今は、奴らにとっての夕暮れだ。夜更けよりは、まだ警戒も緩《ゆる》い」

それに、と。ゴブリンスレイヤーは言った。

「不死身の魔術師といえど、突き落とせば死ぬものだ」

§

その魔術師にとっては、顔の近くを小蠅《こばえ》が飛んだような違和感であった。
黎明、どす黒い青ざめた血の色をした空の下で、彼はふとその顔を上げる。
彼、というのももはや正確ではない。究極の生物には性別も不要であろう。
そこに至るための儀式において、小蠅などというのは些事《さじ》だ。
しかし《転移》の呪文《じゅもん》が小蠅ひとつで台なしになったという、故事もある。
魔術師が僅かにでも気を留めたのは、傲慢さから来る慎重の賜物であった。
「……む」
「…………何事だ？」
瞑想により深淵に潜っていた意識を引き戻すための、呼吸を一つ。
ゆったりと立ち上がった魔術師は、煙草岩と呼ばれる塚山から、裾野《すその》を見やった。
不規則に盛り上がり、積み重なった岩肌から山裾《やますそ》まで、影が混沌と蠢いていた。
小鬼どもの群れは、外法《げほう》に手を染めた魔術師をして唾棄《だき》すべきものだ。
無知で蒙昧《もうまい》、にもかかわらず傲慢で不遜。無能で、何の役にも立たぬ、愚か者。

魔術師が軽蔑《けいべつ》する全てが、そこにあった。
故に彼は、自分に付き従う小鬼どもがどうなろうと、まったく構わなかった。
興味もなかった。四方世界の誰も彼もが、魔術師に対してそうであったように。
「……………なんだ、その目は」
故に魔術師が気に入らぬものは、ただ一つ。
小鬼どもから振り返った先、彼が刻んだ陣の上に捧《ささ》げられた、一人の娘だ。
娘は、馬人であった。
無残にも衣服は剝《は》ぎ取られ、一糸纏わぬ裸体が風に晒《さら》されていた。
だが小鬼たちの邪《よこしま》な視線や嘲りも、彼女を辱《はずかし》める事は決してできなかった。
美しい稜線《りょうせん》を描くしなやかな筋肉と女肉、彼女にあるのはそれだけではない。
呼吸でゆるやかに波打つその下に、はち切れんばかりの生命力が息づいている。
凛《りん》としたその相貌《そうぼう》は、陶器の人形のように透明で、澄み切っていた。
朧気《おぼろげ》な夜明けの光ですら金色に輝かせるほど、その栗毛の髪は艶《つや》やかだ。
そして何よりも、その髪に一筋走る白銀の流星。
誰でも良いと思っていた。だが、彼女しかないと思った。
この命の輝きを掌中に握る事ができれば、それで全てが上手くいくと思えた。
名も知らぬ、何者かも知らぬその娘は、しかし魔術師を見ていない。

目は向けている。だが、その瞳には魔術師が映っていない。
魔術師は――不死を手にした魔術師は、忌々しげに唸った。
「お前も私を馬鹿にするのか？」
「――――」
答えはなかった。馬人の娘は、答える気もないのだろう。
魔術師はしばし娘を睨みつけた後、ふん、と。小さく鼻で笑った。
「まあ、良い。いずれお前も私の中で共に生きるのだ。嫌でもわかろう」
かつて。
百年を、千年を生きるのだと言ったら、皆が彼を嘲り笑ったものだ。
だが今やその全員が、土の下に眠っている。
賢者の学院で小馬鹿《こばか》にされた少年の名を知る者は、もうどこにもいない。
永遠などありえないとのたまい、彼を殺しにきた冒険者もいた。
その冒険者も、とうの昔に名前すら忘れ去られてしまっている。
不死身の魔術師たる彼の恐るべき来歴、その一つに過ぎないのだ。
彼にしてみれば、取るに足らない事だが――それでもその結果には満足を覚える。
自分の価値が高まっていく事を知るのは、喜ばしい事だ。
他がどうなろうと――……例えばこの瞬間に、小鬼の悲鳴が轟《とどろ》こうともだ。

「……ほう」

やはり小蝿が来たか。魔術師は杖《つえ》を手繰り寄せ、眼下を睥睨《へいげい》した。

小鬼どもが、騒いでいる。

ぎゃいぎゃいと益体《やくたい》のないことを喚《わめ》きながら、武器を取り、走り回っている。

岩山の一方に、大慌てで駆けつけようとしているのだ。

——愚か者どもめ。

魔術師は、どうしてか現れる己の命を狙った刺客を、こう評していた。

永遠を生きようという試みを、嫉妬《しっと》か無知からか、阻もうとせん者は多い。

此度《こたび》もそうした手合だろうと、彼は思った。冒険者とは愚か者だ。

小鬼どもにずたずたに引き裂かれて、腸まで貪《むさぼ》り食われてしまえば良い。

女ならば胎《はら》までも穢《けが》されるだろうが、末路は男と変わらず、小鬼の鍋の中だ。

別に嘆く事はないだろう。蛇の目は踏むものだ。初回で起きなかっただけで。

——その全てを踏みしめて、私はさらに高みへ至るのだ。

「来るならこい、冒険者め」

魔術師は杖を握りしめ、忌々しい邪魔者どもを見下すように仁王立《におうだ》った。

夜明けの大気が、赤黒い死の臭いをはらんだ血風を運んでくる。

それを肺腑《はいふ》に吸い込んだ魔術師は、誰に聞こえずとも構わず、宣言する。

「遊んでくれよう」

冒険者たちが己の背後に迫っている事を、彼はまだ知らない。

§

「ARGOOOOOOOOO!!!」

竜牙兵が雄叫《おたけ》びをあげて小鬼どもへ躍りかかる、その最中。

冒険者たちは迅速な動きで、煙草岩の裏手へ回り込むべくひた走っていた。

「小鬼などというのは魚群のようなものでしてな」

姿勢を低くし四肢を駆使し、這いずるように蜥蜴僧侶は地を駆ける。

彼の体躯《たいく》を茂みで隠そうというのなら、こうでもしなければ草丈《くさたけ》が足りぬもの。

「餌を放り込んでしまえば、これこの通り、わあわあと集まるしかないものよ」

上位の個体がいたとしても取れるのは統制であって、采配《さいはい》や指揮ではない。

現に小鬼どもは放り込まれた餌——敵めがけ、一目散に集まりつつある。

「GOROGB!?!?」

「GOROG! GBBROBGBGR!!」

偉ぶってる奴からの叱責が怖いのか、お零れ目当てかは、わからないが。

「だが全員ではない」

何にせよ構うものかと、ゴブリンスレイヤーは結論づける。

「ゴブリンどもは、皆殺しだ」

はたして、その小鬼が何故煙草岩の裏手にいたのかなど、関係のない事だった。

錆びた手槍にもたれるようにして、欠伸すら漏らして呑気するゴブリン。

その怠慢のつけは、彼の頭蓋に突き立った木芽鏃《きめやじり》の矢であった。

「援護するから、行って！」

声も立てられず転げ落ちる小鬼を睨みながら、妖精弓手が叫んだ。

ゴブリンスレイヤーと蜥蜴僧侶は応《こた》えない。返事よりも行動が雄弁な時もある。

二人は先陣を切って煙草岩の岩壁に取り付き、瞬く間に一段を駆け上がる。

段々の階段状になった塚山だ。順繰りに登攀すれば良いだけのこと。

「一つ……ッ!!」

「GBOOB!?」

眼下からの侵入者に気づいたゴブリンが、喉を切り裂かれて溺れるように死んだ。

その断末魔の悲鳴に振り返ったもう一匹が、蜥蜴僧侶の尾で叩き潰される。

「GOOBGBBG!?!?」

「気づかれましたな！」

「知ったことか」ゴブリンスレイヤーは応じた。「やる事は変わらん」

二人は阿吽《あうん》の呼吸で次の段へと駒を進めていく。

そうして確保された一段目に、鉱人道士の矮軀《わいく》が取り付いた。

「魔術師を先に行かせるのはどうかと思うんだがの……！」

「あんたが一番すっとろいんだから仕方ないでしょ！」

妖精弓手の檄《げき》ももっともだ。単に最上部を目指すだけなら、彼女が一番早い。

だが射撃手では足場を確保する事は難しい。

上の森人ならば小鬼など物の数ではないが、単純な得手不得手の問題だ。

いつだって、どの時代だって、鋸《のこ》を持って仕事をする歩兵が必要なものだ。

「ほら、あなたも……！」

「はい……っ！」

よいしょ、と。促された女神官が、鉱人道士に続いて岩山にしがみつく。

華奢で小柄、筋肉も――多少はついたけど――薄く、細い体だ。

それでも数年をこうした冒険で過ごしていれば、多少なりと慣れもする。

決して洗練されてはいない動きではあったが、苦もなく彼女は大岩の上へ。

「……あ」

そうして、ふと女神官は振り返った。やはり、と。思うところがあったのだ。

「む、む……！」

そこには隆起に蹄をかけて、どうにか馬体を持ち上げる馬玲姫の姿。

思えば馬車に乗る時などもそうであった。女神官は躊躇わなかった。

「……どうぞ！」

差し出されたのは、逆しまに握った錫杖の柄。

馬玲姫は、その柄と、真剣な面持ちの女神官とを、幾度か見やった。

「…………すまん、助かる！」

そしてその柄を握りしめ、馬玲姫はぐいと体を岩の上へと引っ張りあげる。

無論、馬人の体軀を女神官一人で支えきれるはずもない。

鉱人道士の、その小さな体全身につまった筋肉が物を言った。

彼らの体が膨れているのが酒ではなく筋肉のせいという事を、余人は知らない。

「鉱人もたまには役に立つのね！」

「どぉれ……！」

「言ってろい！」

鉱人道士はけたけたと笑う妖精弓手に怒鳴った。

彼女は川面《かわも》の石か梢《こずえ》を渡るほど軽やかに、切り立った岩肌を駆け上がる。

その最中も両手は洗練された動きで弓を引き、矢を放っていた。

「GOBBG！　GOBBGB!!」

「GORGBGORRG!!」

表の状況に気づいていないのか、竜牙兵よりこちらが与《くみ》し易《やす》いとみたか。

あるいは娘三人の色香に惑わされた小鬼どもが、三々五々と集まってくる。

――金床だけじゃ「寄せ付けねえ」まではいかねえな。

鉱人道士は素早く腰に下げた手斧《ておの》を取って、握りしめた。

「かみきり丸、下は気にすんな！」

ゴブリンスレイヤーは、やはり応えなかった。

自分以外の事を気にするのは億劫《おっくう》だ。

自分以外の事を任せられるのは、便利だ。

「GRG!?」

「三と、四だ……！」

左から棍棒《こんぼう》を振り下ろす小鬼を盾で打ち据え墜死せしめ、右手に剣を振り抜いた。

「GOOGBBG！？！？」

この状況なら何も急所でなくて良い。脛《すね》を切られた小鬼の悲鳴が上がった。

そして、そのまま体勢を崩して転げ落ち、何度も岩に激突して弾んでいく。

生きていても這い上がる事はできまい。振り返り生死を確かめる手間すら惜しい。

盾を括《くく》った左手で岩を摑んで体を持ち上げざま、彼は剣を上方へ繰り出す。

「GOBBB！？！？」

「五！」

岩を叩き付けようと待ち構えていた小鬼が、股間を刃で潰されて、悶絶《もんぜつ》した。

倒れ込むその小鬼が落ちるに任せ、剣を手放す。武器はいくらでもあるものだ。

「六……！」

「GOB！　GOBGRGB！？！？」

ゴブリンスレイヤーは躊躇なく石塊を拾い上げ、それでゴブリンの顔面を殴った。

鼻を潰せば骨が脳まで刺さる。そうでなくとも立ってはいられまい。

粘ついた血が糸を引く石を放り捨て、彼は小鬼から棍棒を奪い取る。

そして痙攣する小鬼を、一切躊躇のない作業的な仕草で蹴《け》り落とした。

「オオ……ッ！」

確保された石段を、蜥蜴僧侶の巨体が影のように走り抜ける。

両手両足の爪はがっきと岩に食い込み、丸太のような手足は体を揺らがせない。

瞬く間に次の段へと取り付くのも、容易な事であった。

「GOBBGB！」

「GRGB！　GGBOORGB!!」

それを見て手も足もでまい――と、嘲りながら、左右からゴブリンが飛びかかる。

間抜けな方は死ぬだろう。だが賢い己はその隙《すき》にこいつを仕留めることができるはず！

「シャア……ッ!!」

しかしその浅はかさを、はたして小鬼どもは思い知る暇があったのだろうか。

一匹はその喉笛を咬み裂かれ、もう一匹は強靱な尾の一撃で岩肌にめり込んだ。

「GOBBGB……!?」

「フン……ッ」

身悶《みもだ》えする小鬼を蜥蜴僧侶は大きく長首を振ってから、放してやった。

顎から血と共に吐き捨てられたゴブリンは、虚空《こくう》へと放り出されて落下する。

「まったく、口直しがほしい所ですな……！」

「帰ったらチーズが待ってるわよ！」

「おお、それは善哉！」

岩の上を登る、むしろ岩が彼女を持ち上げているように駆ける妖精弓手。

矢と共に放たれたその言葉に目を細めた蜥蜴僧侶は、尾をのたくらせた。

妖精弓手が上下に矢を繰り出して露払いし、二人の前衛が行く手を切り開く。

その間、後衛となった三人も、別に安穏《あんのん》としているわけではない。

「下から登ってくる奴ばらも！」手斧が唸る。「増えてきよったの！」

鉱人道士がゴブリンの頭をかち割り、蹴落とし、少女たちを守る。

女神官は馬玲姫の登攀を手助けし、懸命に周囲へと目を配る。

右、左、下方。上は他の人に任せて、とにかく状況把握に努めるべきだ。

幸い、夜明けの光はここまで届いている。太陽礼賛、彼の神の加護ぞあれ。

「悪魔犬が登ってこれないのは、助かりますね……」

「あれは手が足りないからな」

馬玲姫が、そう言ってにやっと笑った。馬人の冗句だろうか。

女神官も笑った。意味はわからなかったが、冒険では笑える者が勝つのだ。

――それに。

登攀に専念せざるを得ないこの状況を、馬玲姫が苦にしていないのが嬉しかった。

冒険には、自分が役に立てない時というものが、往々にしてある。

得手不得手は、仕方のない事だ。それを女神官は、理解してきたつもりだ。

だから――……。

「上から来るわ、気をつけて‼」

妖精弓手の警句に天を振り仰ぎ、覆い被《かぶ》さる影を認めても、彼女は動じなかった。

「ゴブリンスレイヤーさん」

「む……！」

ゴブリンを棍棒で殴りつけ叩き落としたその男は、言われて頭上を振り仰ぐ。

冒険者らを飲み込むその巨影は、一抱え二抱えはあろうかという大岩だった。

ゴブリンどもが落としたのか、それとも例の不死身の魔術師とやらの仕業か。

いずれにせよ対処しなくば、冒険者たちは十四《死》番へと進むしかない。

そして思案するその間も彼の右腕は機械的に振りかぶられ、棍棒を投じている。

「GBBOR!?!?」

頭蓋に棍棒を埋めた小鬼が、手足をばたつかせながら落下していく。

断末魔の叫びは、大岩が転がり落ちる轟音《ごうおん》にかき消され、聞こえない。

女神官の耳に届いたのは、淡々として無機質な、たった一言の言葉だけだ。

「任せた」

「はい……っ!」

女神官は錫杖を高々と振りかぶった。

魂を一気に昂《たか》ぶらせ、天上におわす御方の元まで祈りを届けんと声を張る。

「《いと慈悲深き地母神よ、か弱き我らを、どうか大地の御力でお守り下さい》!!」

はたして、奇跡はもたらされた。

地母神の御心《みこころ》のまま展開された不可視の障壁は、音もなく大岩を受け止める。

敬虔《けいけん》な少女の祈りは正しく神々に聞き届けられたのだ。

大岩は光の壁によって逸らされて、そのままあらぬ方向へと転げていく。

巻き込まれた小鬼どもが、逃れようとして落ちるか、轢《ひ》かれるか――……。

「さあ、行きましょう……！」

よし、と気合も新たに、女神官は馬玲姫へと錫杖を差し伸べた。

馬玲姫は「ああ」と短く頷いて、その錫杖を握りしめ、蹄で岩を掻く。

「……いや、しかし……」と、彼女は言葉を選んだ。「見事な、ものだな」

「すごいのは」

少女は、得意げにその薄い胸を反らした。

「皆さんと、地母神様です！」

§

「……蟲《むし》けらどもめが……！」

それが冒険者に対してか小鬼どもに対してか、魔術師にも判別がつかなかった。

すでに煙草岩を取り囲む混乱は、彼にとっての許容領域を遥《はる》かに超えている。

小鬼どもがぎゃいぎゃいと無秩序に喚き、武具のぶつかる金音が耳障りだ。

だが、他の何よりも不死なる魔術師が我慢ならなかったのは――……。

「────」
馬人の娘が、無言のままにじっと自分を見つめる、その視線であった。
遮蔽物《しゃへいぶつ》のない頂《いただき》で、夜明けの光と吹きすさぶ風に裸身を晒して、辱められて尚《なお》。
彼女は透明な瞳で、真っ直ぐに魔術師へ視線を突き刺している。
そこに魔術師の姿を、決して映してもいないのに。
「なんだ。何が言いたい、貴様……！」
娘は答えない。
歩み寄った魔術師が、ぐいと顎を摑んで引き上げても、何も言わない。
馬人を模した人形か何かのように無気力で……しかし掌には、温もりが伝わる。
只人よりも遥かに高い、馬人の燃えるような命の炎。
その感触が、魔術師にとっては、汚泥に触れたように不快に思えた。
「……ちぃっ」
魔術師は彼女を、泥を振り払うような仕草でもって打ち捨てた。
体軀も膂力も魔術師とは比べものにならない彼女は、それでも岩肌に突っ伏す。
衰弱しているのだろうか。
彼女の肌は血の気が失せて、夜明けの光の下でも真白く思えた。
ふと、魔術師の脳裏《のうり》に──白い騎士の逸話《いつわ》がよぎった。

天秤《てんびん》を掲げた十二人の白騎士たちが、死人の夏を終わらせたのだ。
だがその決め手となったのは、死人占い師の傲慢だ。
勝利を確信し、あと一手のところで天秤の力によりその状況を覆された。
焦《あせ》りのあまり幾度となく魔神から力を借り受けようとして、魂を失った。
――私がそうだとでも？
そのような事は、ありえない。
かの死人占い師の最期《さいご》は、結局の所、自滅ではあるまいか。
自分は、違う。自分は、他の奴らとは違うのだ。
――もし、そうでないというのならば。
己が、己を愚か者と嘲弄《ちょうろう》した手合と同じだなどとは、断じてありえない。
魔術師の掌中で、握りしめられた杖がミシミシと音を立ててきしんだ。
「……やはり小鬼になど、任せてはおけんな」
小鬼どもの断末魔が響き渡る中で、魔術師は深く息を吸って、吐いた。
「私自身が相手をして、早々に片付けてくれよう」
そう独りごちる魔術師の姿を、額《ひたい》に星を持つ娘はじいっと見つめていた。
何も、言わずに。その姿を映さぬままに。

§

「頂上、見えましたぞ！」

「よし」

十六匹目になる小鬼を岩上から蹴落としながら、ゴブリンスレイヤーは頷いた。

かつて師から聞いた梯子山《はしごやま》や、『岩の長』なる一枚岩の徒手単独登攀《フリーソロ》。

それらに比べれば煙草岩は遥かに登りやすく、己でも問題ないのは僥倖であった。

――自分でも可能な事があるのは、喜ばしいことだ。

「気づかれていると思うか？」

「この騒動で気づかれぬという事もありますまい」

頂上を一手前に控えた岩上に、蜥蜴僧侶が尾をのたくらせて這い上がる。

「だろうな」

ゴブリンスレイヤーは雑嚢を漁って強壮の水薬《スタミナポーション》を引き出すと、その栓を抜いた。

「問題は小鬼だ。そして、上に銀星号がいるかどうかだ」

「小鬼殺し殿にとっては、小鬼が殺せれば無駄骨とはなりませぬよ」

蜥蜴僧侶は冗句混じり、ふと思い出したような仕草で小剣を彼に放った。

錆びて欠けているとはいえ、まだまだ十分使用に耐える代物である。

「小鬼の持ち物ですが、入り用でしょうや？」

ゴブリンスレイヤーはその剣を掴み取り、刃の具合を確かめ、頷いた。

「助かる」彼は腰の鞘《さや》に小剣を叩き込《こ》んだ。「塚山出土《ど》の剣だ。悪くない」

一口、二口。失った体力を賦活《ふかつ》させせんと、彼は鉄兜の隙間から薬液を嚥下する。

ただそれだけなのに、ふつふつ手足の末まで血が通うのだから、不思議なものだ。

「後は件の銀星号が、馬人の姫かどうかの確証も欲しいところだが」

「いるわよ、銀星号。……例の魔術師もだけど」

ひょこり、と。風に吹かれた木の葉のように、彼の傍らに妖精弓手が現れた。

自然の中で森人を見つけるのは困難というが、草原の岩でもそうなのだろうか。

少なくとも、彼女の野伏としての技量を、誰も疑う者はいないだろう。

妖精弓手は長耳をひくつかせながら、矢筒から木芽鏃の矢を抜いた。

「小鬼はなし。なんか喋ってるけど、恨み節よね、結局。なんて言ってると思う？」

「興味がない」

「聞いてあげなさいよ」

やれやれと笑うわりに、彼女自身もまったく関心がない様子だった。

妖精弓手が気にかけているのは、魔術師ではなく、もう一人。

真剣な面持ちで弦《つる》の具合を確かめて、妖精弓手は低い声で呟いた。

「あの子、助けてあげないとね。そのための冒険でしょ?」

「冒険か」

ゴブリンスレイヤーは、ふと、初めて聞いた言葉のようにそれを繰り返した。

「そうなのだろうな」

「お待たせ……しました……!」

その時、遅れていた後続の面々が岩棚の上へとようよう辿《たど》り着いた。

女神官がよじ登り、彼女の錫杖と、後続の鉱人道士の手を借りて、馬玲姫が。

馬人の娘は自身の疲労を気にも留めず、息せき切って身を乗り出した。

「姫様はいたのか……!?」

「お姫様かはわからないけど、たぶん銀星号って子はいたわ」

ここに、こう、と。妖精弓手は人差し指で自分の額から鼻筋をなぞった。

「栗色の前髪に白い、星の走ってる子。綺麗な子ね。びっくりしちゃった」

「間違いない、姫様だ……!」

馬玲姫が今にも飛び出しそうに身を乗り出すのを、女神官はどうどうと抑える。

馬人に対してのこれは失礼かしらん。そんなくだらない事も、脳裏によぎった。

「とにかく、まずは落ち着いて……どうにか助ける手を考えませんと」

なにしろ、人質のやっかいさというのは小鬼退治で何度も経験しているのだし。

女神官は鼻息の荒い馬玲姫の隣で「んと」と唇に指をあてがって、思案する。

「……眠らせて、とかでしょうか」

「相手が、位階の高い呪文使いだっつーのはわかってかんの」

ようよう登り終えた鉱人道士が、腰の酒を気づけとばかりに呷って、呻《うめ》く。

「《酩酊》だのをかけても抵抗されっちまうんじゃねえかな……」

「竜には通したってのに、使えないわね」

「うっせえ金床」

だが鉱人道士からの反論が続かない辺り、力量差を自覚しているのだろう。

もとよりあれは砂地で、砂の精霊の力が強い場所であったからこそだ。

妖精弓手はふふんと勝ち誇ったように鼻を鳴らして、岩を背に頂上を窺う。

「ま、矢避けの有無はともかくとして、こっからなら間違いなく当てれるわよ」

「……以前に幾度か、あの手の魔術師と対峙《たいじ》した事はある」

鉄兜の内側から、ぼそぼそと低い声がこぼれ落ちた。

耳ざとい妖精弓手が「ははん」と半眼になり、睨むようにして彼の小腹を肘打つ。

「私たちに黙って行った奴ね」

「言う必要はないだろう」

「仲間への声かけは礼儀でしょー？」

そうか。短く頷くが、ゴブリンスレイヤーはそれ以上気にした風はない。

彼は「手は様々だが」と言い置いてから、淡々と続けた。

「……口を塞《ふさ》ぐか、視覚を塞ぐ。呪文を唱えさせず、仕留める」

小鬼のシャーマンと対処は同じだ。

その言葉に、女神官は「なるほど」と頷いた。なら、自分のやる事は明白だ。

「では、合わせていきます」

「とならば……わしは控えとくか」

初手で全て決まるとも限らない。鉱人道士は、慎重に酒の栓をしめた。

「金床が落っこちでもしたら《降下《フォーリング・コントロール》》が必要になっだろからの」

「自分のためじゃないの？」

じろりと妖精弓手は鉱人道士を睨むが、今は口喧嘩よりも優先すべき事がある。

緊張はほぐれた。後は戦うだけだ。弦に矢を、ゆるく番《つが》える。

「五感を殺し、一気呵成《いっきかせい》に彼奴《きゃつ》ばらを仕留め、姫君を救う、とならば……」

蜥蜴僧侶が、妙に仰々しい仕草で爪のある指を一本ずつ折り曲げた。

彼の爬虫類《はちゅうるい》じみた瞳がぐるりと回って、一党《パーティ》の中の一人へ、視線を向ける。

「……一足で間合いを詰められる兵が欲しいところですな」

「……私が行く」

馬玲姫が、迷うことなくそれに応えた。

彼女は背の大刀を抜くとしっかかと構え、目を瞑《つむ》ると深呼吸を一度。

昂ぶる気持ちと感情を、全身に押し込めるようにして、彼女は繰り返した。

「私が、行く。……姫様を、助けにきたんだ」

「ならば、決まりだ」

ゴブリンスレイヤーが空の小瓶《こびん》を手にしたまま、頷いた。

「行くぞ」

§

ひょう、と。吹きすさぶ風に混ざる、空を切る音が戦いの嚆矢《こうし》となった。

「む――……!」

魔術師はほぼ反射的に、杖を持つ手をそちらの方向へと振り抜き、突きつける。

だが、彼の目に映ったものは、決して敵の影ではなかった。

頂の岩肌にぶつかって弾け飛ぶそれは、中身のない――………。

「……小瓶か!」

「《いと慈悲深き地母神よ、遍《あまね》くものを受け入れられる、静謐《せいひつ》をお与えください》!!」

故に本命に気づくのが、僅かに一手、致命的なまでに遅れた。
声高らかに唱え上げられた祝詞《のりと》を境に、一切の音が奪い去られたのだ。
――秩序の神々の雌犬《めすいぬ》めが……!!
呪《のろ》いの言葉は音にもならず、変わって何かが魔術師の右腕を貫いた。
「――……ッ!!」
鋭い痛みと生理的な筋肉の痙攣。杖を握り直して見れば、腕から枝が生えている。
いや、これは森人の矢だ。射手はいずこか。いや、それよりも――……。
敵を探さんと彼が目を見開いた事を、失策と呼ぶべきではあるまい。
視界に捉《とら》えたのは、あまりにもみすぼらしい冒険者の姿であった。
安っぽい鉄兜、薄汚れた革鎧。左手には小振りな円盾。そして右手に……。
――……つぶてか!!
投じられたその擲弾《てきだん》を杖で打ち弾けば、途端にぱっと溢れ出る赤黒い煙。
もし音がこの場にあったなら、魔術師の呻き声ともつかぬ悲鳴が響いたろう。
肉の身を持ち目鼻を備えている以上は逃れられぬ、息もできぬほどの激痛だ。
顔に剣山でも突き立てられたかのような有様《ありさま》に悶絶しながらも――……。
――……おのれ……ッ!!
魔術師の左手指が、虚空に文字を描いて閃《ひらめ》いた。

四方の理《ことわり》を改竄《かいざん》する、真に力ある言葉《トゥルーワード》。以《もっ》て術の発動と――……。
「ウゥハアアァアァァーッ!!」
その裂帛《れっぱく》の叫びと蹄の轟きは、静謐の外側よりもたらされたものだった。
否《いな》、あるいは震える山の頂、その振動がそう錯覚させたのかもしれなかった。
それほどまでに、その馬人の娘の走りは凄《すさ》まじいものがあった。
この一瞬、この一時、この一刀に全てを注《そそ》ぐ。蹄は岩を砕き、足は風を切る。
振りかぶる白刃が、夜明けの輝きを受けて一瞬、金色に輝いたようにも見えた。
魔術師は――これまでの生涯、そんなものを美しいなどと思った事はなかったが。
「――――……ッ!?」
故に彼がその時覚えたのは、怒りと恨みと憎しみでしかなかった。
自身の体の中央を断ち切った刃が、美しい娘の顔が、どす黒い血飛沫で汚れる。
ざまをみろと、唾を吐きかけるような表情のまま、男の体が襤褸《ぼろ》のように崩れた。
馬玲姫はその軀《むくろ》を一顧だにする事もなく蹄にかけて、前へ飛び出した。
「姫様……っ!!」
ざあ、と。風に紛《まぎ》れて、音が蘇る。声が届く。少女は真っ直ぐに走った。
友と呼ぶには尊く、姉と呼ぶには遠く、忠義では冷たく、愛よりはささやか。
だがその大切な名を呼ぶ声に、「ぁ」と竪琴の爪弾《つまび》かれるような声が応えた。

さらりと銀の星が流れた。その瞳が、少女を見ていた。映していた。

「ああ、来た……のか。そうか、きみが来たか、来てくれたか」

駆け寄り、膝を折り、縋《すが》り付くように飛び込む娘を、銀星号はそっと抱き留める。

馬玲姫にとって、この幾日か、幾月かは、どれほどの時間に思えたのだろうか。

「ああ、どうしたんだ、こんなに泣いて。……まったく、しようがないな」

助けられるのは私だろうに。白い指が伸びて、少女の眦を、そっと拭い取る。

馬玲姫は、弾かれたように頭を上げた。目をごしごしと擦って、赤くして。

「ご無事で、何よりでした。……本当に、本当に――……っ」

「いや……」

銀星号――あるいは馬人のかつての姫君は、はにかむように微笑んで、言った。

「……今度の競争の事に集中していたから、気にもならなかったよ」

§

「すまない。何か、羽織《はお》るものを貸してはくれまいか」

いい加減に寒くなってきた。銀星号はぶるりと体を震わせて、そう言った。

夜明けの山頂である。いかに日が差し、体温の高い馬人だからとて堪《こた》えるだろう。

馬玲姫は大慌てで周囲を見渡すが、布といえば甦《たお》れた魔術師の外套《がいとう》くらいだ。

しかし流石にそれを姫君に差し出すのは憚《はばか》られる。悩んでいると――……。

「あの、これでよろしければ……！」

女神官が、ぱたぱたと自分の纏っていた外套を外して駆け寄ってきた。

しかしその彼女も、晒される裸体の、人と馬のどちらを覆うべきかは迷う。

目の毒なのは真白く美しい上半身だが、馬の下半身が美しくないわけではない。

どちらとて、衆目に晒して良い物ではないはずなのだ。

それに馬人の体を温めるのに、どちらが相応しいか、只人にわかろうはずもない。

「ど、どうぞ……」

「うん、ありがとう」

結局、迷った末に女神官は外套を彼女へ差し出すだけにとどめた。

銀星号は虜囚の身であったとは思えぬほど柔らかな微笑と共に、外套を羽織る。

そうして改めて、彼女は自分の周囲に集った人々の存在に理解が及《およ》んだらしい。

長い睫毛《まつげ》を揺らしてぱちくりと瞬きをして、彼女は「ええと」と呟いた。

「君たちは、きっと冒険者だね。手間を取らせて、申し訳なかった」

「そういう依頼だ」とゴブリンスレイヤーは言った。「問題はない」

「では、ありがとうと言うべきだなあ……」

銀星号はそう呟いた後に、はたと、真剣な面持ちに顔を引き締めた。

「時に、競争には間に合うだろうか。大一番なんだ。時間の感覚が良くわからない」

「姫様、無理をなさらずに……！」

「もう姫ではないのだけれどね……」

どうにか立ち上がろうと下半身に力を入れた彼女を、馬玲姫が慌てて支えた。

主従ではなく友ではなく姉妹《しまい》でもなく恋人でもない。

二人の間にあるのは、そうした単純明快に形容できる何か、ではないのだろう。

ただ少なくとも――……。

――仲睦《なかむつ》まじい。

そう感じ取れるのだけは間違いでなく、恐らくはそれで良いのだと女神官は思う。

「……不思議な、雰囲気の人ですね」

「そう？」と妖精弓手が耳を揺らした。「お姫様って、あんな感じじゃない？」

女神官は返答を、曖昧《あいまい》に笑い返す事で誤魔化した。

それに、まだ全てが終わったわけではない。むしろここからが本番だ。

「ゴブリンは、どうなっていますか？」

「事態がわかっておらぬのでしょうなあ」

蜥蜴僧侶が愉快げに目を回すと、その長首を伸ばして裾野を覗き込んだ。

「未《いま》だ戦意昂揚《こうよう》。むしろ追い詰めたと思うとるのかもしれませぬ」

「来よる、来よる。わらわらと、雑魚《ざこ》どもが」

鉱人道士が景気づけにと、火酒をがぶりがぶり、何口か呷った。

彼は白髭についた酒精の雫を袖口《そでぐち》でぐいと拭い、「さあて」と呟く。

「包囲網のど真ん中だものな。どうするね、かみきり丸」

「むしろ都合が良い。一網打尽にする」

「ああ、まったく――その通りだ」

答えたのは冒険者ではなかった。

冒険者たちは素早く剣を爪を弓を斧を錫杖を握り、身構える。

声の源《みなもと》は、襤褸布の如《ごと》く打ち捨てられた黒い外套の内。

見る間にそれは影が伸びるように膨らみ、立ち上がっていく。

即座にゴブリンスレイヤーが小剣を振りかぶり――……。

「《生を喰《く》らうは命の業なり、命を喰らうは死の顎《あぎと》なり》」

「く、ぁ……ッ!?」

「――……おいッ!?」

それよりも早く、馬玲姫が膝を折って崩れ落ちた。

銀星号が思わず馬玲姫の名を呼ばわって、彼女の体を抱き起こす。

「う……っく、だ、ぃ……じょうぶ、です……っ」

馬玲姫は気丈にそう言って立ち上がろうとするが、その脚は萎《な》えて、震えていた。

乾きつつある返り血、黒ずんだそれが赤く見えるほどに、少女の顔は――白い。

「これは……っ」

呪いの類だ。女神官は、首筋のあたりがちりちりとざわめくのを覚えた。

「なに、今の……⁉」

「なるほど、《命吸《バイタルドレイン》》の術であったか……！」

妖精弓手が叫ぶのに合わせ、蜥蜴僧侶が吠えるように叫ぶ。

《命吸《バイタルドレイン》》。他者の生命を己がものとする、死人占い師が振るう呪術の一つ。

本来は命を受け継ぐ、囚《とら》われた若き獅子《しし》を未来へ解き放つ、生命賛歌の御技。

だが――これは違う。死に瀕《ひん》した者が、若き者より、その命を奪っている。

「ど外道めが……！」鉱人道士が呻いた。「不死身のからくりはそれかい！」

「……百年かけて何もなせぬ者の命ならば、我が永劫《えいごう》の礎《いしずえ》とした方が有意義だ」

外套はもはや影ではなく、明確な人の形を、魔術師としての姿を取り戻していた。

ついほんの僅か前に両断されたとは、とても思えぬ佇《たたず》まい。

彼は忌々しげに杖持つ手に刺さった矢を引き抜き、へし折りながら投げ捨てる。

「予定は狂ったが……より若き馬人に、上の森人の命まで手に入るは僥倖よ」

魔術師は外套の内側を、見せびらかすようにして披露した。
途端、女神官は「ひっ」と漏れ出る悲鳴を抑えきる事ができなかった。
そこにあったのは、顔だ。
人の——只人、森人、鉱人、圃人、獣人、闇人《ダークエルフ》を問わず——顔。
老若男女、様々な人の顔が、魔術師の胴の上に張り付いたように、蠢いている。
明らかに外法によって導き出された、悪魔、魔神の力による邪悪な光景であった。
それればかりか、その顔の類は生きている——生かされている。
この男に命を供給するためだけに、この者たちの命は在るのだ。
直感的にその真実に気づいてしまえば、正気が削られても致し方あるまい。
馬玲姫が、卒倒しそうなほどに顔を青ざめさせ、傍らの銀星号へしがみつく。
遠からず自分もああなるのだと、思い至ってしまったのだから。
「どこの誰だか知らぬが——感謝するぞ。みすぼらしいなりの割には、できる」
ゴブリンスレイヤーは、何も言わなかった。
興味もなかった。みすぼらしいと言われたのが自分だとも、思わなかった。
彼はただ、自身のポケットの中を探っていた。
——ポケットの中には何がある？
吹雪《ふぶき》の中、雪洞の奥で圃人が嗤っている。

自分の装備。仲間――仲間の呪文。この状況。相手の戦力。

例えば、そう、先ほどこの魔術師は何と言っていた？

『誰《だれ》だか知らぬが』と、そう言っていた。

このなんとか言う魔術師の男が、自分を知らぬという事は――……。

――あの顚末も知らんという事だ。

ゴブリンスレイヤーは、ぼそりと呟《つぶや》いた。

「顔を知られるというのは、なるほど、便利だ」

今まで気にもしていなかったが、存外に役立つのは確かだ。

彼は素早く頭の中で算段をまとめながら、短い声を発した。

「先ほどのはまだ残っているな？」

「え、ああ……」

脈絡のない問いに、鉱人道士が触媒のつまった鞄《かばん》を探り、はたと目を見開く。

次に彼の顔に浮かんだ笑みは、まさに悪童がいたずらを仕掛ける時のそれだった。

「……ああ、なっほどの」

それに気づいた蜥蜴僧侶が浮かべた表情も、きっと、蜥蜴人のそれだったろう。

「手はありましたかな？」

「あるとも」

ゴブリンスレイヤーは言い切った。

「常にある」

# 間章

## 「暗殺者をやりこめろ」

Goblin Slayer
He does not let anyone roll the dice.

――どうにも肩が凝っていけねえ。

賭場《カジノ》の外に出たその男は、肩甲骨《けんこうこつ》の辺りをほぐそうと、無意味に腕をぐるりと回した。

もちろん似合わぬ礼服のせいではない。普段担《かつ》いでいる、無駄に重たい大業物《おおわざもの》のおかげだ。

いっそ銀色に塗りたくった木剣でも良いのだが――……。

――獣人どもは鼻が利《き》くからなあ。

塗料の臭いをぷんぷんさせていては、どうしたってバレてしまう。必要経費というやつだ。

――それさえなけりゃあ、あいつらは間抜けで良い商品なんだが。

おかげで大分と懐《ふところ》は温まり、賭場で良い思いをさせてもらっている。むしろ感謝さえあった。

全身を巡る酒精は心地よい気怠《けだる》さをもたらしてくれ、足もふわふわと浮ついて、気分が良い。

間抜けで愚かで偉大なる獣人たちのためにと、男は賭場から拝借した酒瓶《さかびん》を一口呷《あお》った。

男は、元は役者であった。より正確に言うならば、さらに冒険者崩れの、とその上につく。

冒険で命をマトに金を稼ぐなんて、アホらしいと思った。

そして冒険者のフリをして金を稼ぐなら、目の肥えた客よりも間抜けな獣人の方が楽だ。

やがて、獣人――特に馬人《ケンタウロス》は、彼らの払う見料よりも遥《はる》かに高価な代物だと、気づいた。

村人だった頃にも冒険者だった頃にも縁のなかった裏稼業とは、役者時代の繋《つな》がりが活《い》きた。

褥《しとね》に連れ込むためだろうと競争の走者だろうと、客は男女の差なく、雄《おす》も雌《めす》もよく売れる。

――ま、別に獲って喰《く》うわけじゃねえんだ――……。

それ目当ての客もいるかもしれないが、いたからといって何だ。男には関係がない。

――なにせ冒険者は『自己責任』なんだからな。

部族を訪ねて周り、面白《おもしろ》おかしく冒険譚《ぼうけんたん》を披露し、馬鹿《ばか》な若者を騙くらかして連れて行く。

そして何も知らぬ彼らを、奴隷として契約させ、売り払うのが今の男の生業《なりわい》だった。

誰に文句をつけられるでない、まっとうな商売だ。男はそう思っている。

読み書きもできぬ奴《やつ》らだが、契約書に名前を書かせれば、それでこちらのものなのだし。

――それにしても……。

そろそろ、懐が乏《とぼ》しくなっていた。

この間の商談が上手《うま》く行ったからって、はしゃぎすぎたか。

まあ、仕方ない。貯蓄などとは無縁だ。稼いだら使う、使えば減る、減ればまた稼ぐ。

「けど、あんな上物はそうそうめったにねえからなあ……」

惚《ほ》れ惚《ぼ》れするような、見事な馬人だった。

草原で、いつもどこかぼうっと遠くを見ているような馬人の娘。

少なくない数の獣人を見てきた男でも、二度とお目にかかれないような、美しい少女だった。

骨が良かった。だから筋肉も良かった。完全に調律の整った、楽器のような、そんな馬人だ。

男は最初、女衒《ぜげん》に売り払おうと思っていた。

普通の馬人なら厩《うまや》同然、場末の淫売宿、似合いの場所に売り飛ばすのだが、これは違う。

――商機だ。

お大尽御用達《ごようたし》の、上等な店。そういった類《たぐい》なら、彼女の体重と同等の金貨だって出るだろう。

そうしなかったのは――……さて、何でだったろうか。

『走るのが好きなんだ』

水の街への道中、これから先の運命をまるで知らぬ彼女が、そう零《こぼ》したのを覚えている。

『いくさのためとか、生きるためとかではなくて――ただ、走るのが好きなんだ』

だったら、と。男は売りつける先を、走者の養成所へと切り替えた。

別に高く売れるなら、どこでも良かった。望み通り、死ぬまで走っていれば良いと思った。

おかげでこちらの懐も膨らんだ。八方丸く収まって四方世界《しほうせかい》は事もなしだ。

――さあて、次はどうするかな。

喧騒《けんそう》がやたら遠くに聞こえる中、男は変える河岸《かし》を探し求めて、当《あ》て所《ど》なくぶらぶらと行く。

今、ちょいと騒動になっている事を考えると、馬人を連続して狙《ねら》わない慎重さが大事だ。

次は兎人なんかも良いかもしれない。賭場でひょこひょこと、走り回っていたような。

あの手の娘は愛玩用に売れる。白毛——……。

——ああいや、あれは赤毛だったっけ？　耳は尖《とが》ってたっけ？　どうだったかな。

酔っ払った頭では、あまり思考もまとまらない。

——何にせよ、だ。

「まったく、馬鹿な冒険者どもサマサマだぜ！」

「ああ、冒険者には感謝しないとな」

男は立ち止まった。

気づけば周囲に人の気配はない。薄暗い、どこかの裏路地。

自分でもどうしてこんな場所に来たのか、わからなかった。糸で導かれるようだったと思う。

背後から聞こえたその声。聞き覚えはない。深く息を吸って、吐いた。

「なにしろ、冒険者ギルドはお国のもんなんだから」

やりすぎたな。その呟《つぶや》きと同時に、男は素早く右に飛び込んだ。轟音《ごうおん》。間一髪。

途端《ガイギャックス》、外套《がいとう》を貫いて左腕が引き裂かれる。焼けるような痛みに、男は思わず毒づいた。

「くそったれ！」

その時には既に男の右手は懐に滑り込む。冒険者時代に習い覚えた、さして役に立たぬ手妻《てづま》。

——だが命綱だ！

「何が望みだ！　金か⁉」

「魔球《ウィズボール》」

振り返りざまに見た刺客――仕掛人は深く被った軍帽の下、そんな意味のわからぬ事を呟く。

男が抜く手も見せず投じた短剣は、棍棒《バット》めいて振り抜かれた短筒に打ち飛ばされる。

だが、その時には男は走りだしていた。距離を稼ぐ。路地を曲がれ。直線でなければ良い。

「ギ、アッ⁉」

だがそれは、足首を影に咬み付かれていなければの話だ。

もんどり打って転げた男は、目を見開いた。

――こりゃ、俺《おれ》の影じゃあない……‼

足元の暗闇《くらやみ》から、得体のしれぬ獣の顎《あご》だけが突き出て、男の足首に牙《きば》を突き立てている。

どうにか引き剝《は》がそうとするのは無為な行いだ。影を摑《つか》む事など、できやしない。

そうしてもがく男の耳に、足音が聞こえた。見上げると、闇《やみ》の中に輝く――蝙蝠《こうもり》の瞳《ひとみ》。

「冒険者の看板に泥塗ったのは、やりすぎたな」

親方　冠《かんむり》だぜ。軽く嘯《うそぶ》くその声は、思ったよりも若かった。

「認識票を偽造して騙《かた》るだけってのとは、わけが違う」

「クソがよ……！」

男は罵声を漏《も》らして、仕掛人《ランナー》の、異形の瞳を睨《にら》んだ。

「言っとくがな、俺は誰も殺しちゃいねえんだぜ⁉　俺は、俺はただ――……」

「命を売って晒《さら》し首……ってやつだ」

諦《あきら》めな。その言葉は、短筒の台尻の形をしていた。重く、鈍く、固い。男の頭蓋よりも。

胡桃《くるみ》を割るような音がして、それで終《しま》いだった。

一度大きく跳ねて弛緩《しかん》した男の体を、密偵は路地の片隅へと足で押しやり——息を吐いた。

「悪い、思ったより反応良かったな」

「キミの支援が私のお仕事ですから？」

声はやはり、一つ二つ、路地を曲がったその奥から。

すっと音もなく姿を現した赤毛の森人《エルフ》は、ち、ち、と小さく舌を鳴らす。

すると死んだ男——馬車屋の足元の影が獣の姿で立ち上がり、娘の足元へと駆け出す。

彼女はその獣の頭を一撫《ひとな》ですると、その影を自分の影に重ねて——沈めた。

「それに……こういう奴は、生かしておいちゃいけないと思うし」

ひどく冷たく、鋭い、刺すような呟き。

それは密偵の耳には、「私がやっても良かった」というようにも聞こえた。

彼女の事情は、おおよそは知っている。察しもつく。多少なり、関《かか》わりもした。

だからこそ——……。

「それをやるのが、俺《おれ》の役割《ポジション》だよ」

彼は平然と言って、「戻ろうぜ」と歩き出す。

少女は戸惑ったように瞬《まばた》きをして「あ、うん」と慌てて、その後を追った。

会話は、ない。

薄暗い路地裏、大都会の影の中。遠くに喧騒。雑踏。街の灯りも、二人には届かない。

もうあと少し進めば、いつものように馬車があり、仲間たちが待っている事だろう。

密偵が外套のポケットから細巻きを抜いて咥《くわ》え、少女は何も言わず着火具を取り出した。

彼が身を屈め、彼女がちょっと背伸びをする。しゅっと擦《こす》れる音がして、灯《あかり》が点《とも》った。

「乱れたる世は窮《きわ》まり尽きることなく、だっけ?」

「……運命からは逃れることができない、だね」

枸杞《クコ》の、ほのかに甘い煙が、火の秘薬と血のどす黒い臭いに混ざって消えていく。

赤毛の少女は、密偵の少年の目を見た。もうそこに、蝙蝠のような光はない。

彼は、にやっと唇の端を吊《つ》り上《あ》げるように笑って、言った。

「目の毒だよなあ……」

「……や、やめてよね」

制服に外套を羽織《はお》っただけの少女が顔を覆《おお》うと、頭上で兎の耳がひょこりと揺れた。

# 第5章 『冒険者《アドベンチャラー》に任せとけ』

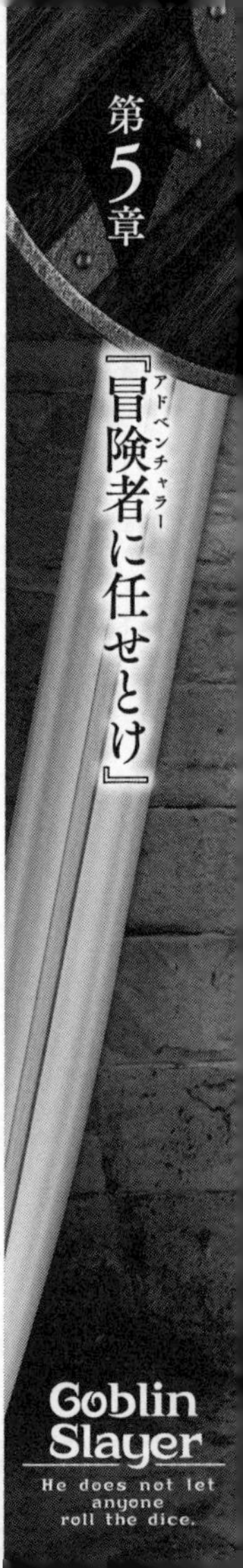
Goblin Slayer
He does not let anyone roll the dice.

「《死の冷たさを恐るるべからず、汝《なんじ》はもはやただの肉、その塊に過ぎぬのだから》！」

先手を取ったのは不死身――そう自称するだけの事はある魔術師であった。

彼の杖《つえ》が閃《ひらめ》くと死をもたらす稲妻《いなずま》が投じられ、冒険者たちは陣《エンゲージ》を散らす。

《火球》対策としては初歩の初歩だが、相互支援は困難になる。万能ではない。

第一、局面《シーン》全体を襲うような呪文《じゅもん》を前にしては、これも無意味だ。

「どうするの⁉」

紙一重《かみひとえ》を掠《かす》めた怖気《おぞけ》を振るう冷気に、妖精弓手《エルフ》の長耳が僅《わず》かに震えた。

とっさに山頂から一段飛び降りて遮蔽《しゃへい》を取ったから良いものの――安全地帯とはいえまい。

彼女の鋭敏な耳は、足下から徐々に煙草岩《たばこいわ》を登りくる小鬼どもを捉えている。

「ＧＯＲＯＧＧＢＢ！」

「お呼びでない……‼」

先行した一匹が自分の足首を摑《つか》まんとしたのを、上の森人《ハイエルフ》は優雅に蹴《け》り落とした。

その小鬼は斜面を弾《はず》み、体を歪《ゆが》めながら滑落していくが、それでは済むまい。

一匹、二匹と、頂に辿り着く小鬼はどんどんと増えていくだろう。

故に妖精弓手は、残りそう多くない矢を惜しむ事なく、下方へと撃ち込んだ。

「あいつ相手にしてる暇、そんなにないわよ！」

なんと言っても、と。妖精弓手は声に出さず、視線だけを遮蔽の向こうへ送る。

「どうした、冒険者よ。言葉ほどの、威勢がないではないか」

勝ち誇る魔術師の体に蠢《うごめ》く顔、命の数はもちろん――根本的な問題ではない。

問題は、彼奴《きゃつ》から馬玲姫《バートル》へと伸び、その身を絡《から》め取っている呪詛《じゅそ》である。

――あれを殺してあの子が死ぬんじゃ、何の意味もないわよね！

逃げた所で、逃げ切るまでに呪《のろ》いが命を奪わないとも限らない。

だからといって、詰んでいる――とは、彼女も思わなかったけれど。

オルクボルグは「手はある」と言ったのだ。なら何かやらかすだろう。

それに――……。

「……なんとか、します！」

あの偏屈な男にだいぶ毒された、自分の一番の友達が、そう声を張り上げている。

女神官の姿は馬玲姫を支える銀星《ぎんせい》号をさらに支え、離れた岩塊の影にあった。

「《トニトルス《雷電》……オリエンス《発生》……ヤクタ《投射》》！」

おぞましい瘴気《しょうき》が傍《そば》をかすめれば「ひゃっ」という声も漏《も》れようが、怯《おび》えてはいない。

彼女はじいっと、青ざめた顔で浅い呼吸を繰り返す馬玲姫の顔を見つめた。

どす黒い血で染められ、息も絶え絶え。今も尚《なお》、命を吸われているに違いない。

「……彼女を——……助けて、もらえるか……？」

ぎゅっと馬人《ケンタウロス》の小さな手を握りしめ、銀星号が縋《すが》るように女神官の顔を見た。

その真《ま》っ直《す》ぐな視線が、痛いほどに重い。女神官は、喉《のど》が震えるのがわかった。

このたった一言を伝えるのは、どれほどに勇気がいるだろう。

この場にいるのが、自分よりもっと優れた人であったらどれほど良いだろう。

でも、自分しかいないのだ。自分がいるのだ。

——なら、わたしが、やるだけ……！

「冒険者《アドベンチャラー》に、任せてください……っ」

女神官は、声を張り上げて叫んだ。天地神明《てんちしんめい》に、あの人に届けと、ばかりに。

そしてきっと正面を見据えて、女神官は覚悟を決めた。

「——……時間をください！」

「よし」

離れて遮蔽を取っているゴブリンスレイヤーが、即座に応じた。

「タイミングは任せた」

「はいっ!!」

ならば後はゴブリンを抑えてやれば良い。彼の思考は単純明快だ。

ゴブリンスレイヤーは足下の岩一つを蹴落とし、それが転がる様を観察する。

いや、観察というほどの事でもない。単なる確認であった。

「GROGB!?!?」

「GOB!? GOBBGRBG!?!?」

他の岩にぶつかり連鎖して、幾匹かの小鬼が巻き込まれるのは、確実だ。

押し寄せるゴブリンどもに呪文使いがいない事を、彼はすでに見て取っていた。

あの魔術師が聡明であるならば、己《おのれ》以外に術を扱える小鬼を従えはすまい。

――呪文を使えるというだけで、小鬼は同格になったと増長するものだ。

いつぞやの闇人《ダークエルフ》（だったはずだ、覚えてはいないが）よりは、マシな采配《さいはい》。

好き勝手しているゴブリンは、決して強くはないが、一番厄介なものだ。

それさえ対処すれば、後はどうとでもなる。

「適当に岩を落として、ゴブリンどもを足止めしろ」

「力仕事は鉱人《ドワーフ》と蜥蜴人《リザードマン》の仕事でありますな」

「わしら二人とも、呪文使いのはずなんだがの」

しかし鉱人《ドワーフ》道士は「よしきた」とばかり腕まくり、手斧《ておの》を振るって岩を剝《は》がす。

それをがっしと摑んだ蜥蜴《リザードマン》僧侶が抱えて放り投げれば――……。

「GOGBBGB！？！？」
「GRGG!!　GOGB!?」
巻き込まれ、押し潰《つぶ》され、関係ないのに慌ててよけようとして、小鬼が落ちる。
目敏《めざと》く岩を潜り抜けたものには、ありえぬ軌道を描いた木芽《きめ》鏃《やじり》の矢が突き刺さる。
押し寄せるゴブリンの数に比べれば、細やかな、なるほど確かに時間稼ぎだ。
だが、それで問題はない。
女神官という仲間が求めたのは、間違いなく時間であったのだから。
「我が呪いを解けるなどとは、大言壮語も甚《はなは》だしいな、小娘め」
そうして奮闘する冒険者たちを、黒衣の魔術師は余裕を持って眺《なが》めていた。
十五と少しといったところか。若輩の小娘の言葉は、彼の矜持《きょうじ》を逆撫《さかな》でする。
——だが、そこで怒っては器《うつわ》が知れるというものだ。
一度迎えた死の冷たさは、加熱する思考にも冷静さをもたらしていた。
万一にでも呪いが解けるのならば——おお、これは素晴らしい。
地母神《ちぼしん》の寵愛《ちょうあい》を受けた娘を、小鬼どもの孕《はら》み袋とするのは惜しいものだ。
上の森人と並べ、我が命に加えるにやぶさかではない。魔術師は嗤《わら》った。
——解けぬとならば小鬼の慰《なぐさ》み者よ。
保《も》って一晩か二晩の命だろう。役に立たぬのならば、その程度の使い道で良い。

「……良かろう、やってみるがよい。邪魔はしないでおいてやるわ」
故に魔術師は、その杖先を遮蔽から現れた、みすぼらしい男へと向けた。
そう、みすぼらしい男だ。悪名高き地下迷宮にもいたと言われるような手合《てあい》。
だがその兜の下から向けられる視線は、対峙《たいじ》する魔術師を見てはいない。
路傍《ろぼう》の石だと、そう思われているようで――……。
――忌々《いまいま》しい。
誰《だれ》もが彼をそのように扱った。取るに足らぬ愚かな小僧と嘲《あざけ》った。
だが、今となってはどうだ。その連中を全《すべ》て踏み付けて、彼はここにいる。
不死に手をかけたのは、無知蒙昧《むちもうまい》なあの連中ではなく、自分なのだ。
「《サジタ《矢》……インフラマラエ《点火》……ラディウス《射出》》!!」
ほとばしる感情はそのまま真言となって、魔術師の杖先から走った。
ゴブリンスレイヤーは走りながら、雑嚢《ざつのう》から取り出した礫《つぶて》を投じている。
「こざかしい手が何度も通じるとでも思うたか！」
思ってはいない。だが催涙の粉塵は視線を切る。それで十分なのだ。
事実空中で邪炎《じゃえん》の矢にぶつかり、貫かれた催涙弾からは赤黒い粉が舞い散る。
稲妻はゴブリンスレイヤーが一瞬前までいた地点に撃ち込まれ、岩を砕いた。
それによって宙を舞う砂利や粉塵もまた、ゴブリンスレイヤーの助けだ。

ゴブリンスレイヤーはそうした煙幕に紛《まぎ》れて、空《から》の左手でそれを掴んだ。
新調した鞘《さや》に収めた、禍々《まがまが》しい形状の投げナイフ。
良くはわからんが名うての魔術師相手ならば、とっておきを切るべきだろう。
――なにしろ、値段が違うのだ。
左から下手投げに投じられた投げナイフは、大きく弧を描いて襲いかかる。
その一咬みはかつて、彼の窮地を度々救った、絶大な切れ味をもったものだが。
「《マグナ《魔術》……ノドゥス《結束》……ファキオ《生成》》!!」
神秘の守り、《力場《フォースフィールド》》を前にしては、それを切り裂くまでには至らない。
――十分だ。
相手の術一つと相殺。期待通りの働きであり、通らなかったのは武器の問題ではない。
紐《ひも》を手繰《たぐ》って投げナイフを回収しながら、彼はひた走る。
例えば棘鎖《スパイクトチェイン》で怯ませた後にすかさず一撃、などと。
あのような玄人《くろうと》めいた真似《まね》が自分にできるとは、彼は到底思っていないのだ。
「なんだ、結局の所は逃げ惑うしかできぬではないか……!」
魔術師が何か騒いでいるようだったが、ゴブリンスレイヤーは聞いていない。
もとより、相手の言葉なぞ聞く必要はないのだ。
――只人《ヒューム》の言葉で騒ぐ、小鬼のシャーマン。

それと大差はないのだなと、ゴブリンスレイヤーは断じていた。
であれば、己にも時間を稼ぐくらいの事はできる。そして時間を稼げば。
——腕っこきの冒険者が、どうにかするものだ。

§

「すぅ……はぁ……」
女神官もまた、そうした余所事《よそごと》の全てを思考の埒外《らちがい》においていた。
彼女にとって今の四方は夜明けの光と、苦しむ友達、その二つだけだ。
薄い胸を上下させ、夜明けの大気を肺に取り込み、ゆっくりと吐き出す。
世界に満ち満ちる神気を受け入れて、循環させ、収束させていく。
「ッ、ぅ、……っく……ッ」
黒い血で穢《けが》された馬玲姫の頰《ほお》をそっと撫《な》でて、女神官は瞳《ひとみ》を閉じた。
——初めてでなくて良かった。
いや、どうなのだろう。初回の方が、思い切り何も考えずできたかもしれない。
今は——少し不安だ。できるだろうかと、どうしても思ってしまう。
それは神々への不信ではない。自分への不信だ。

――けれど、地母神様への不信でもある。

絶対に声を聞いてくださるはずだという、信仰への疑問なのだから。

――ああいや、いけないな。

こうしてぐるぐると考えが回る、その事こそがいけないのだ。

雑念は絶対に消えない。だから雑念に気づいたら、その都度、元の道に戻る。

守り、癒《い》やし、救え。呼吸に合わせてその三つを繰り返す。繰り返す。

他のことが浮かんだなと思ったら、また戻る。幾度となく。廻り巡る。

そうするうちに、ふ、と。思考が澄み切る瞬間が訪れる。魂が昂《たか》ぶる時が。

――だいじょうぶ。

地母神様はお優しい御方だ。それに、あの人が頑張ってくれている。

――そして自分は、冒険者なのだ。

女神官は、祈った。

「《いと慈悲深き地母神よ、どうかその御手で、我らの穢れをお清めください》!!」

そして祈りし者《プレイヤーキャラクター》の祈りに答えぬ神はいない。

天上の指し手《プレイヤー》たちが、祈りし者《プレイヤーキャラクター》を裏切る事はないのだ。

祈りし者《プレイヤーキャラクター》が冒険に挑む限り、指し手《プレイヤー》は常にその傍らにある。

勝利を確約する事は決してできなくとも、《宿命》と《偶然》の骰子《サイコロ》は必ず投じられる。

故に。

かつて女神官が過ちを犯し、けれどもその後で救いをもたらしてくれた祝禱《しゅくとう》。

慈悲深き地母神は敬虔《けいけん》な信徒の願いを汲《く》み取って、《浄化《ピュアリファイ》》の奇跡を引き起こしたのだ。

「う、ぁ……」

馬玲姫は、頬を伝う濡《ぬ》れた感触、その心地の良さに数度瞬《まばた》きをした。

指先でそっと触れると、それは夜明けの光に、きらきらと金色に輝いていた。

水だ。

今まで見たこともないほどに澄み切った、透明の、清らかな水。

邪悪なるものの呪詛に満ち満ちた血は、もはやこの地上に存在しない。

である以上、その血を媒介にした呪いもまた、消え失せたのは道理だった。

――乾き切る前で、良かった。

もし乾いてしまっていたなら、こうは上手《うま》くいかなかったろう。

「これは――……？」

「……地母神様は、すごいのですよ」

内心ほっと安堵《あんど》の息を漏らしながら、「言ったでしょう」と女神官は微笑《ほほえ》む。

奇跡はこれで使い切った。後はもう、この身でできる事しか叶《かな》わない。

だからこそ彼女はその胸を控えめに、けれど誇らしげに反《そ》らしながら、叫んだ。

「——今、です……っ!!」

§

「よもや……！」
魔術師は、突然自身の身を襲ったその異変に呻《うめ》き声をあげた。
あのような小娘が、どうしたか知らないが、まさか自分の呪詛を解いたと？
ありえない。そんな事が起こるわけがないと、彼はそう思っていた。
でなくば——どうしてあのような、傲慢な思考が脳裏《のうり》を過《よぎ》るだろう。
——だが、構うものか！
彼は魔神の力によりて、自らに埋め込んだあまたの生命を思った。
たかが一つ。たかが一生ではないか。そんなもの、どうとでも補える。
「……ッ！」
だが不死の魔術師が何事かを唱えるよりも早く、ゴブリンスレイヤーは動いた。
彼の右手が閃いて、塚山出土の剣が空を切り裂く。
どこからか持ち出され、小鬼の手にあったその剣は、しかしそれでも武具だった。
術者の集中が途切れて魔法の守りが消えたならば、本分を遺憾なく発揮する。

「……ガッ⁉」

朽ちかけ錆《さ》びたその刃は魔術師の胸に突き立ち、大きく彼を仰《の》け反《ぞ》らせる。

無論、死なない。

これは彼の黒の乗り手を屠《ほふ》るために、いにしえの民が鍛えた刃ではない。

突き刺さったところで体をつなぎ止める魔術が、ほどけるわけもないのだ。

血反吐《ちへど》をまき散らし、命の炎が消えても、彼は起き上がる。

だが――……。

「《妖精よ、妖精よ、忘れ物のお返しだ。金はいらねど幸いおくれ》！」

そうはさせじと鉱人道士の投じた壺《つぼ》から、無限の油が溢《あふ》れ出た。

妖精の忘れ物、現世利益《りえき》と無縁であればこその香油は、海のように山頂を舐《な》める。

「ぬ、お、お……お……！」

ぬめる、すべる、転げる。

油の波に溺《おぼ》れながら、魔術師はあまりの屈辱に声を荒らげた。

「このような、児戯で……ッ‼」

胸に突き立つ刃を抜こうにも、手が滑る。体が滑る。立ち上がれぬ。

杖を取り落とさぬように握りしめるだけで精一杯。

――だが、しかし、これが何だというのだ。

命を落とすわけがない。油で、転んで、それで何がどうなる？　それで――……。
「《おお、気高き惑わしの雷竜《ブロントス》よ。我に万人力を与えたもう》!!」
そうして振り仰《あお》いだ魔術師の視界に、恐るべき竜がいた。
父祖の力で授《さず》かった怪力乱神を惜しみなく発揮し、地を駆ける蜥蜴人。
「イイィイィヤアアッ！！！」
その両足の爪《つめ》は油膜《ゆまく》を突き抜けて岩を咬み、揺らぐ事なく体を運ぶ。
一直線。その進路上に己がある事に気づいた魔術師は、何事かを叫んだ。
それは呪文であったろうか。呪詛か。単なる罵倒か。あるいは意味などないのか。
いずれにせよ、冒険者らがそれを聞く事はなかった。
次の瞬間には全身の膂力《りょりょく》と速度を乗せた尾の一撃が、その顎《あご》を打ち砕いていた。
「――――……ッ！？！？！？」
そして魔術師は、虚空《こくう》へと弾《はじ》き飛ばされた。
油の波に押し流されて、煙草岩の岩壁へと叩《たた》き付《つ》けられる。
声も上げられない。もがいたところで、意味もない。
途中で――それこそ刃を抜いて岩に突き立てれば、止まる事もできたろう。
だが全身にまとわりつく油がそれを許さない。
岩肌にぶつかって弾む度、骨が砕ける。内臓が潰れる。体が削れる。

四方世界《しほうせかい》の大地に叩き付けられるその瞬間まで――まさに、永遠の長さであった。

§

「ふむ、まだ生きておるようですな」

「存外に、しぶといものだな」

眼下。

大地に滲《にじ》む黒いシミとなった魔術師を見下ろして、蜥蜴僧侶と小鬼殺しは言った。

全身の骨と筋肉をずたずたに打ち砕かれれば、不死身でも簡単には立てぬらしい。

――不死身といえど、人喰鬼《オーガ》（だったはずだ）とはまた違うのだな。

ゴブリンスレイヤーは低く唸《うな》った。やはり世の中、知らぬ事が多い。

「不死身のからくりが解けたわけでもねえもの」

仕方あるまいと、鉱人道士が金貨を宙へ指で弾く。

きらきら輝きくるりと空で踊ったそれは、油の海に落ちると同時にくすみだす。

はたと魔法のように油が消えた後に残るのは、役に立たぬ小さな金属片だ。

「ついでに言や、まだ状況が解決しちゃおらんぞ」

その通りであった。

「GROGB！　GBBOGBRG!!」
「GOGGBRGBBGR!!」
落石を引き起こしていた二人が離れた今、小鬼の進行は滞りない。
散発的に撃ち込まれる矢など、当たった方が間抜けだと、奴《やつ》らは思うものだ。
「ああもう、結局また今回もゴブリンじゃない！」
喚《わめ》きながら弓を引いて、瞬《また》く間に三射放つ妖精弓手の嘆きも、もっともである。
落ちた菓子に群がる蟻のような小鬼の群れ。
地に落ちて尚、蠢き生き続ける魔術師。
時は、冒険者たちの敵だ。
刻一刻と終わりが近づいている。考えているだけで、死は迫り来る。
――何のことはない。
それは生きていたとて、同じことだ。
銀星号と挟むように馬玲姫の体を支えながら、女神官は頷《うなず》いた。
だったら、やれるだけ、やれる限り、精一杯の事をやるしかない。
太陽は盤の際《きわ》から完全に姿を現し、四方を照らしている。
ここは塚山《オボー》。周囲は小鬼の群れ。岩。先ほどの攻撃。地の利を得ている。
――ゴブリンスレイヤーさんなら、どうするだろう。

ああ、それなら。きっと。

「――崩しましょう！」

ゴブリンスレイヤーは躊躇《ためら》いなく言った。

「それだ」

§

妖精弓手は無言で天を振り仰いだ。地母神は顔を覆っているから無意味な行いだ。

「ホントもう、どうしてこんなになっちゃったかなあ……」

「あ、いえ、その、もちろんここが大事な塚山だという事は承知なのですけれど！」

その嘆きの声をどう受け取ったものか、女神官はあせあせと言った。

「聖域としては穢されてしまいましたし、清めようにも、わたし一人では……」

奇跡も使い切ってしまったし、神官としての技量も足りてはいまい。

かの六英雄《オールスターズ》、その一人である剣《つるぎ》の乙女《おとめ》ならば、また別だろうが。

彼女にここまで訪れて清めて頂くというのは、今この瞬間には不可能であろう。

「それにその、わたしだと、どうすれば崩せるかまでは考えていないので……」

「そこはこちらで考える」

ゴブリンスレイヤーは迷わない。

というよりもすでに、頭の中には何か考えがあると言っているようなものだ。

この男がしでかす事は、冒険者一党《パーティ》、全員が重々承知している。

「が、崩してはまずいのか？」

「わしらにゃ、馬人の信仰はようけわからんからな……」

鉱人道士が、残り少ない酒を惜しみなく口に含んで、舌を湿らせる。

ここからが大一番なのだ。余力も酒も、抱えて落ちるのは頂けない。

「その辺りどうでえ、姫さんがたや」

「いっそ一から組み直した方がすっきりして良いと思うぞ」

銀星号は苦笑というには曖昧《あいまい》で、何も考えていないというには透明な表情で言う。

そして「とはいえ」と、傍らに寄り添う、幼い馬人の娘の髪を梳《す》いてやった。

きょとんと、先ほどより血色を取り戻した少女が、銀星号を見上げた。

「……姫様？」

「私はこの辺りを離れてしまったしな。決めるのは、草原《くさはら》で生きるお前だ」

「………………」

馬玲姫は、すぐには応《こた》えなかった。

彼女は唇をぎゅっと嚙《か》み締《し》めて堅く結んだまま、地とも空ともいえぬ方を見た。

押し迫る小鬼どもの喚き声。僅かに残る血臭。その全てを押し流す、風。
風は吹いていた。
夜明けの空の下、最果てまで広がる草原の上を、風が。
――嗚呼《ああ》。
姫様は、もう、帰ってくる気はないのだな。
それが答えのように思えた。なら、今自分が決めるべき事は。
「……頼む、やってくれ」
答えは端的だった。馬玲姫は真っ直《ま》ぐ《す》に女神官と――ゴブリンスレイヤーを見た。
安っぽい、角の折れた鉄兜《てつかぶと》。その奥にどんな表情があるかは、やはりわからない。
わからないが、しかし……それでも彼が、しっかりと受け止めてくれたと。
どうしてか、そんな風に思えた。
「よし」と、その鉄兜が迷いなく上下した。「では崩そう」
彼は素早く頭の中でまとめた算段を、無機質な調子で淡々と口にする。
話を聞くだに妖精弓手の長耳は垂れ下がり、女神官は「なるほど」と頷いた。
銀星号と馬玲姫は、どうにもまだ状況が良くわかっていないようだが――……。
「拙僧《せっそう》もまだ術は残っておりますからな。いかようにも」
闘争の気配に嬉々として尾をのたくらせ、蜥蜴人の武僧が長首を伸ばす。

当然彼が乗り気ならば、鉱人道士とても悪巧《わるだく》みについては余念がない。

「わしも踏ん張りどこか。崩せてもこっちが巻き込まれちゃ世話ねえかんの」

三人集まれば知識神にも匹敵《ひってき》するというが、これでは悪童三人組ではあるまいか。

——悪ガキ三人いれば死神だって追い返せるとか言うけどさぁ……。

「あんたらも止めないからこの子がオルクボルグに毒されちゃうのよね……」

「ど、毒されてはいないと思います……！」

可哀想《かわいそう》にと妖精弓手に抱きすくめられ、女神官は弱々しく抗議の声をあげた。

この修羅場《しゅらば》の最中にあり、この五人は、それをまったく楽しんでいるようだった。

それが冒険者というものなのだろうか。これが、冒険というものなのか。

馬玲姫は、目を瞬かせた。

——そうか。

これは確かに、草原《くさはら》にはないものだった。

§

「いやしかし、これは無理ではないか……⁉」

山頂の岩の一つに結ばれた綱を握って、馬玲姫は悲鳴にも似た声をあげた。

出かける時には忘れずに。鈎縄《かぎなわ》をしっかと岩に巻いて、さらに仲間たちと一繋《ひとつな》ぎ。結び目をぐいぐい引っ張って具合を確かめていた女神官は、当然のように言った。

「無理や無茶をして勝てるなら苦労はしませんから……」

妖精弓手が無言のまま、ゴブリンスレイヤーの脇腹《わきばら》を肘で小突いた。

「む」

「もうちょっと、まともな事を教えたげなさいよ」

今更だけど。そう恨みがましく言われて、ゴブリンスレイヤーはもう一度呻いた。

「あれはまともな事だろう？」

「それはそうよね」

知ってた。妖精弓手は呆《あき》れと諦《あきら》め、親しみの混じった笑い声を零《こぼ》し、綱を掴む。

「じゃあ、あの子にも何か言ったげたら？」

準備に余念のない蜥蜴僧侶と、鉱人道士。

その向こうでは銀星号の傍らで、馬玲姫が不安げな顔をしている。

虜囚であったはずの銀星号の方が溌剌《はつらつ》としているのは、なんとも不思議なものだ。

ゴブリンスレイヤーは、少し考えた後、ぼそりと言った。

「鹿はできると聞いたが、馬人には難しいのか？」

「……やってやる！」

馬玲姫が一転、牙《きば》を剝《む》くようにして吠《ほ》えた。馬鹿《ばか》にするなと言いたげに。

無論、彼に悪意があったわけもなく、まったくの素なのは言うまでもない事だ。

だがそれでも、馬人と鹿人を比較されては、馬人は黙ってはいられまい。

銀星号は「ははは」と実に愉快げに声を弾ませ、綱を握った。

「では、思い切り走らないとだな」

「あ、ちょ、姫様……っ⁉」

「私だとて数日走っていないのだ。ならしておかないと、困るだろう？」

それは初めての遊びに興奮する子供のようで、女神官はほっと息を吐く。

綱は大丈夫。全員しっかり一つになっている。二人も――……。

――お二人とも、大丈夫そうですし……。

女神官はそれを確かめ、ゴブリンスレイヤーへ向けてこくりと頷いてみせた。

「よし」

ゴブリンスレイヤーは自身の腰に繋ぎ止めた綱を握り、足に力を入れた。

「いつでも良いぞ！」

その声を受けた鉱人道士はその短い手足を駆使して、岩の上によじ登っていた。

全員が上に乗れるほどの大岩があれば良かったのだが、流石《さすが》にそうはいかない。

蜥蜴人の巨軀はともかくも、馬人の娘二人まで、となると中々難しい。

――なら、あるもんでなんとかせにゃあならんわな。

そして彼は掌《てのひら》を大岩に打ち付け、最後の酒のひとしずくをぐびりと呷《あお》る。

「よしきた、鱗《うろこ》の！」

そうして一党《パーティ》の最後尾、やはり縄で体を結んだ蜥蜴僧侶が、一声吠えた。

「《白亜の層に眠りし父祖らよ、背負いし時の重みにて、此れ為《な》る物を道連れに》!!」

山津波の音は、雷鳴のそれに似ていた。

幾星霜を越えて積み重ねられてきた岩が、その基幹となる巨大な一枚岩が。

蜥蜴僧侶の祝禱により、遥《はる》かな時の重みに耐えかねて崩れ始めたのだ。

それはさながら、あまりにも巨大なプディングが、自重に耐えかねて潰れるよう。

数多《あまた》の石を積み上げて作られた煙草岩は、四方八方へ土砂を撒《ま》き散らす。

岩と岩とがぶつかり、ひび割れ、砕け、斜面を転がり落ちていく。

遠方からこの光景を望む者がいたなら、さほどの速さではない、と見るだろう。

だがしかしそれは岩の大きさが故の錯覚だ。

その渦中《かちゅう》にあれば、とてもそうは思えない。

嵐《あらし》の如《ごと》く吹き荒れる岩礫は恐るべき大剣の刃であり戦鎚《せんつい》だ。

飲み込まれればずたずたに切り裂かれ、挽《ひ》き潰され、命はあるまい。

そしてその速さときたら、到底逃れ得るものではない――……。

「《土精《ノーム》や土精、バケツを回せ、ぐんぐん回せ、回して離せ》‼」
だが、冒険者らと綱で繋《つな》がったその大岩だけが、ありえぬ速度で飛び出した。
そう、飛び出したのだ。転がる事なく、真っ直ぐ、直下へ。滑るように。
「う、わ、わ、わ、わ……ッ⁉」
女神官は思わずとっさに、斜面を踏もうと足を大きく振って足掻《あが》いた。
無論、その足下さえも崩れていくのだ。岩を踏んで、蹴って、跳ぶが如し。
そう、大岩と綱で結ばれた冒険者たちもまた、鉱人道士の落下制御の最中にある。
彼女は帽子が吹き飛ばないように苦慮しながら、転ばぬ事だけを考えようとする。
——これは、なかなか……ッ!
雪山を即席のそりで滑った時や、砂海鷂魚《サンドマンタ》の背を渡った時よりも。
——死んでしまう、かも……っ⁉
そう思わせるだけの危機感があるのだから、不思議なものだ。
耳元でくすくすと笑うその声は、見えざる妖精たちのそれだろう。
——ああ、でも……。
赤の竜や、水の街の地下、それか最初の冒険の時よりは……。
——……怖くない、ですね。
そう思えば、何故《なぜ》だか頬が綻《ほころ》んだ。恐怖に引きつっただけ、かもしれないが。

「皆さん、大丈夫……ですか……っ⁉」

「オルクボルグは馬鹿だと思う……！」

と、妖精弓手が喚いているあたり、彼女もまた大丈夫なのだろう。

長い耳を先端までぴんと伸ばした上の森人は、それでも優雅に斜面を駆けていく。

彼女が無様に転ぶ姿など、女神官にはどうしても想像できないのだ。

「うっ、わ、た、た……た……ッ⁉」

対して、馬玲姫の表情は必死の一言だ。

彼女は不慣れな岩肌を逆落としに駆けるのに、歯を食い縛っていた。

そんな場面に慣れている者などいない。当たり前の事だ。

だがそれでも走り続けなければ、止まれば死ぬから。

そして傍らに、銀星号と、友達がいるからだ。

女神官の視線に気がついた彼女は、声を発する余裕がない。

ただ瞳を交わらせ、こくりと頷いた。女神官にはそれで十分であった。

「ゴブリンが、いるぞ……！」

その時、銀星号が声をあげた。

彼女は転げ落ちる岩の向こう、斜面にへばりつく緑の影に気がついたらしい。

「まだ、たくさん……！」

ゴブリンスレイヤーが答えた。

「問題にもならん！」

最初の接敵は、たまたま先の戦いで滑落を免《まぬが》れた小鬼だった。

多少滑り落ちたが、幸か不幸か、武器を斜面に引っかけて踏みとどまれたのだ。

だが、だからといってその後に待ち受ける最期《さいご》が変わったわけではない。

「ふん……ッ！」

「GROORGB！？！？」

そのゴブリンは大岩と共に駆けてきた小鬼殺しに、文字通り蹴落とされた。

「GBBGR⁉　GBGBGRRROGB！？！？」

斜面を転げ、骨を砕かれ、肉を擂《す》り下《お》ろされ、じきに死ぬ。

そして何もそのゴブリンが、最も不幸だったというわけではない。

「GBBO⁉」

「GOBOOB！？！？　GBOGOBOGOB！？！？」

他の数多のゴブリンたちは、降《ふ》り注《そそ》ぐ落石の餌食《えじき》となったのだから。

もはや断末魔の悲鳴すら、ゴブリンスレイヤーらの耳には届かない。

轟《とどろ》く雷鳴は小鬼の叫びも、肉や骨が砕かれ、潰れる音もかき消していく。

「このまま一気に遠方まで転がせ！」

また一匹。逃れんとこちらにしがみついてきた小鬼を殴り倒し、小鬼殺しが怒鳴る。

「下に降りてから巻き込まれたのでは意味がない！」

飛び散る砂利が、細かく鉄兜に当たっては弾けていく。

きっと森人か馬人の耳なら、石礫が立てるカンカンという音も聞こえたろうか。

女神官も帽子の上に、礫の痛みを覚える。上を振り仰ぐ勇気は、なかった。

「綱ン様子だけ見とれ！」と鉱人道士が怒鳴り返した。「切れたら終《しま》いぞ!!」

「はい……っ!!」

聞こえるかどうか女神官にはわからない。自分の声も、周りの音も聞こえない。

全員が必死だった。小鬼を蹂躙《じゅうりん》し、走り抜け、生き延びる事だけを考えていた。

仲間の無事を考えた。全員で帰る事を考えた。友達の事を考えた。

だから――あの魔術師の事なんて、女神官はすっかり忘れてしまっていたのだ。

§

「が、ぁ……ッ!!」

文字通り全身を押し潰されて尚、不死身の魔術師の字名《あざな》は変わらなかった。

彼は叩き付けられた大地の上で、砕けた四肢を繋ぎ合わせんともがき、苦しむ。

巨人に握りしめられ、そのまま絞り上げられれば、この激痛を味わえるだろう。
——ぼう、けんしゃ、め……ッ!!
この自分とは到底比べるべくもない、無知蒙昧で無価値な輩《やから》め。
そのような連中が、この偉大な自分の邪魔をし、足下を掬《すく》ってくるとは。
許される事ではない。必ずや、応報せねばなるまい。
一刻一秒でも早く肉を繋ぎ、骨を結び、立ち上がらねばならない。
そうすれば——あのような無頼漢《ぶらいかん》どもなど、物の数ではないのだ。
魔術師はこの期《ご》に及《およ》んでも、何ら一切《いっさい》、己を省《かえり》みる事はしなかった。
かつての自分が嘲られた理由を、その全てを他者に求めたように。
それは決して、ある意味では間違いではなかったろう。
大望を抱いた者を、ただそれだけの理由で指差して見下す者は、世に多い。
だが——魔術師は己が何を為したかを、すっかり忘れてしまっていた。
自分がここに至るまで、どれだけの人の願いと望みを蹂躙したか、覚えていない。
意識すらしていなかったに違いない。当然のことだと思っていたのだから。
それは傲慢であり、油断であった。
そして慢心は、気の遠くなるような重さと数の土砂の形をしていた。
「お、あぁ、ああ……ッ!?!?」

魔術師は、何が起こったか理解できなかった。

途方もない重量が自分にのしかかり、繋がりかけた肉と骨を押し潰す。

押し潰した端から蓄えた命は傷を治そうと費やされ、また岩に潰される。

魔術師は指一つ動かすことも、息一つ吐くことも、できなくなった。

不死とは無敵でもなければ永遠でもないと、どうして思い至れなかったのだろう。

どうして、不死を目標として、そこで満足してしまったのだろう。

この四方世界には死の王や、死すら死に絶える永劫《えいごう》を生きる古きものどももいるというのに。

あるいは、そうして彼はより高みを目指すような機会もあったのかもしれない。

だがもう思考しようにも頭蓋は大岩によって砕かれ、脳髄は四方に飛び散った。

元に戻ろうと肉片は蠢くが、それが精一杯。

そこにあるのは――もはや自分が何者かもわからぬ、ただの肉の塊であった。

§

気がついた時、女神官は、もうもうと立ちこめる砂塵《さじん》の中にいる自分を認めた。

地に足はついている。体は、無事だ。ゴブリンは、いない。皆は――……？

「不死身だか何だか知らんが、埋めてしまえば二度と出ては来ない」

――いた。

その人が、平然と立っている事に、女神官は「ほう」と息を漏らす。

ゴブリンスレイヤーは健在だった。埃《ほこり》まみれで、相変わらず薄汚れていたが。

他の皆も、そうだ。

「小鬼とは、違うからな」

楽なものだ。

彼はそう短く付け加えた。

すでにその思考は、押し潰された小鬼の方へ飛んでいるのだろう。

あるいはこの場から逃れた小鬼、悪魔犬《ワーグ》の討伐《とうばつ》についてか。

岩の上、酒がなくなった事を惜しむように胡座《あぐら》を掻いた鉱人道士が息を吐く。

「百年か二百年かしたら、また這《は》い出《で》てくるかもしらんぞ」

「俺には関係のない話だ」

「こっちには関係あるんだけどね」

岩にもたれた妖精弓手が、あーあーと、塚山の跡地を眺めて言った。

彼女は仕方ないなと言いたげな微笑みと共に、軽く肩を竦《すく》める。

「まったく、馬人のお姫様を助けるはずが、けーっきょくゴブリン退治じゃない」

数日前の予感通り、彼女は大げさに嘆き、溜息《ためいき》を吐《つ》いてみせる。

「……竜に攫《さら》われれば良かっただろうか？」

銀星号が真顔でそういう事を言うので、妖精弓手は「それはやめて」と笑った。

――なるほど。

お姫様とは、確かにあんな風だ。自由奔放で、気ままで、風のように。

女神官は、馬玲姫と目配《めくば》せを交わした。

彼女と銀星号の間にあるものが何か、わかったように思えた。

それは自分と妖精弓手を繋ぐものと似た――……。

「……また、一から岩を積み上げるさ」

そう言って、馬玲姫は笑った。

風が吹くように、今まで彼女を張り詰めさせたものが抜け落ちた、笑み。

彼女が生来浮かべる事のできた、自然な微笑みだった。

「ここを通る馬人も旅人も、そこそこにいるんだ。また、塚山はできるとも」

「石碑でも、立てておきましょうか」

女神官はくすくすと、冗談めかして、そんな事を言った。

「こう、悪い魔法使いが封じられているから気をつけて……とか」

「で、百年後に不心得な不信心者が迷信だと思い込んで暴《あば》き、蘇《よみがえ》るわけですなあ」

蜥蜴僧侶が洒落にもならない事を、さも愉快げに言って、牙を剥いた。

彼はのんびりと綱を解きにかかり、「手伝ったげる」と妖精弓手が駆け寄る。

蜥蜴人の鋭い爪よりは、上の森人の繊細な指先の方が向く仕事もあるのだ。

「只人ってそういうとこあるもんね」

「四方世界に冒険の種が尽きねえわけだわ」

などと言われてしまえば、只人である女神官としては苦笑せざるを得ない。

「構わんだろう」

だがゴブリンスレイヤーは、願うように、祈るように、小さく呟《つぶや》いた。

百年か二百年。あるいは千年余り先の事だとしても。

もしも、そうなったら。そうなってしまったならば。その時は。その時の――。

「冒険者《アドベンチャラー》に、任せておけ」

§

その日、水の街の競技場は大歓声で埋め尽くされていた。

かつて重税を課す領主を諫《いさ》めるため、裸身で市中を巡ったさる男爵夫人。

一説には馬人だともいう彼女の名を冠した、記念すべき重賞なのだから。

「もっとも、馬人云々《うんぬん》はほとんど信憑性《しんぴょうせい》がないのですけどね」

といって、女商人は茶目っ気たっぷりに笑った。

「ですが史書ではなく、お祭りですし、仲良くするにはお題目が必要ですから」

競技場の観客席――その中でも上等な、貴賓席《きひん》。

コースを一望でき、屋根があり、柔らかな敷物があり、ゆったりとくつろげる空間。

当然、そこに招かれるのも、女商人にとって大切な身内の者だけだ。

彼女はこの日にあわせて売りに出された、神の実《カカオ》を用いた砂糖菓子を皆に差し出す。

「おまけに今日は――……」

「――……銀星号の復帰日、だもんねえ」

ありがと、と。妖精弓手がその茶色い菓子を指で摘《つ》まんで、口に放り込んだ。

途端、舌から耳の先まで痺《しび》れるような甘さと、仄《ほの》かな苦みが伝わってくる。

森の果実などの比ではない。まったく砂糖というのは魔的なものだ。

ふるふると身を震わせた妖精弓手は、思わずほう、と息を吐く。

「……すっごいわね」

「む」と声を漏らしたのは、ちょうど菓子を摘まんだ馬玲姫だ。

彼女は口に含む直前だった菓子をしげしげと眺め、頭上の耳をぺたりと倒した。

「この菓子がか？」

「あなたのお姫様が」

お菓子もだけどね。そう付け加えられ、馬玲姫は恐る恐ると菓子を口に含む。
途端、ぴんと両耳が立つ辺り——甘味の暴力は彼女にも襲いかかったらしい。
尻尾《しっぽ》の端まで張り詰めたそれが抜けるまでは、ほんの数瞬。
はふ、と。蕩《とろ》けるような吐息を漏らした後……彼女は遠く、彼方《かなた》へと目を向けた。
「うん。姫様は……凄いのだろうな」
その視線の先は、観客席を埋め尽くす、大群衆だ。
前座として、真剣な面持《おもも》ちでコースを走る、馬人の走者たちだ。
わ、と耳をつんざく熱狂。全力を振り絞って、疾風の如く駆ける娘たち。
勝者もあり、敗者もある。真剣な戦いだ。それは必然。
けれど——その全員が、観客により祝福され、称《たた》えられ、誉れを与えられていた。
そしてこれほどの人を集める事ができるのは——銀星号と呼ばれた、姫君なのだ。
自分には、生涯かけても——きっと、できやしまい。
「これから、どうするの？」
不意に、妖精弓手から問いを投げかけられ、馬玲姫は思索の海から意識を上げた。
馬玲姫は「そうだな」と漏らしこそしたが——答えは、とうの昔に出ている。
「まあ、草原《くさはら》に戻るつもりだ。ああいや、姉上に報告はせねばな」
怒られそうだが。そう苦笑するのに、妖精弓手が心底からの同意を示した。

「姉さまっていうのは、そういうものよね」
「ありがたいが、まったく迷惑でもあるな」
頷きあい、目配せを交わし、そうして娘たちはくすくすと笑い声を転がした。
――そういえば。
彼女は森人のお妃《きさき》、その妹君であったかと、女商人は今更ながらに思い出した。
別に忘れていたわけではないが、どうしたって友達という意識が、上に来る。
あるいは、ほんの一、二回。それも中途半端《ちゅうとはんぱ》な冒険ではあったけれど――……。
――旅の仲間。
そう呼ぶ事も、許してもらえるだろうか。
女商人は羞恥《しゅうち》を誤魔化《ごまか》すよう美しく整った胸元《むなもと》を押さえ、大仰に安堵して見せる。
「無事に事件も解決しましたしね。私としても何よりです」
嘘《うそ》偽りではない。なにしろ、興行に関《かか》わる者にとっては一大事であったのだから。
自分らの後援する馬人が巻き込まれないとも限らない。
ましてや、これが競争に関する不正や謀略の一環であったとしたら――……。
――そうでなくて、本当に良かった。
興行にケチがつけば、損益に繋がる。
損益は、走者たち馬人たちの価値を貶《おとし》める。それに興じる人々の興奮を貶める。

利益が出ないという事を、無益で無価値だと断ずる者は、古来より多い。

それは女商人も、痛いほど理解していた。

招聘《しょうへい》が噂《うわさ》されていた諮問《しもん》探偵とやらも、この結果には満足したと聞いている。

何でも彼は一報をちらと聞いただけで「正義は為された」とか、何とか。

――結局、あの魔術師が封じられたのであれば。

教官殺しの下手人《げしゅにん》も捕らえられたということで、良いのだろう。

「大団円……という事で、良いのでしょうね」

女商人は自分でも確かめるようにそう言って、目を細めた。

ざあ、と。競技場に籠《こ》もる熱気に混ざって、心地よい風が吹いた。

人々の感情と興奮を喜ぶように、その風は渦《うず》を巻いて、抜けていく。

「私は街も、この競争も、冒険も……結局、良くはわからなんだ」

馬玲姫が、ぽつりと呟いた。

「お前たちが何にそんなに熱中して、姉上や姫様が何故《なぜ》故郷を離れたのか、わからん」

わからんが――……。

「草原《くさはら》にはないものが、あるのだろうな」

「……ええ」

「そうね。……そう思う」

女商人と、妖精弓手が頷いた。

生家に、郷里に、そこにないものを見つけたくて――冒険者を志した。

失ったものがあり、得たものがあった。

それは間違いなく、そのままでは手に入る事のないものだった。

けれど、ただそれを追い求める事だけを生涯に望める者ばかりではない。

馬玲姫の生涯において、此度《こたび》の冒険は、珍事だ。

彼女は冒険者ではない。冒険を生業《なりわい》とする者では、決してない。

「だが」と馬玲姫は言った。「共通するものも見つけた」

「それは?」

「風だ」

馬玲姫は、友を見た。友の向こう、観客席の向こう、広がる大空を見た。

ひゅうと、頬を撫で、髪を攫い、踊って抜けていく風を見た。

「風は吹いている。ここにも、故郷にも」

だから、良い。そう言って、馬玲姫は笑った。

煙草岩で見せた、張り詰めていたものの抜けた、生来の柔らかな笑みだった。

「故に、私は戻る。それに姉上や姫様も、生涯二度と帰らぬわけでもあるまい?

その時に、心地よい風の吹く草原で迎えるためにも」

四方のどこにいても空は同じで、風は同じ。

そして故郷にないものがあるのなら——故郷にしかないものだって、やはりある。

「ま、行く道ってえのは、それぞれ違うもんだしの」

黙って聞いていた——競技と酒に熱中していた——鉱人道士が、ぼそりと言った。

彼は今し方当たったと思わしき賭《か》け札を満足げに、懐《ふところ》へとしまい込む。

そしてにやっと、白い歯を見せた。

「道を外れやしなけりゃ、どこであれ、堂々と胸張って歩きゃあ良い」

はい。鉱人道士の言葉に頷いたのは、女商人であった。

かつて歩んだ道が間違っていたとは思わない。

転んで、怪我《けが》をして、手を引いてもらい、立ち上がって、ここまで来た。

だから今がある——それに、彼女はすこぶる満足していたのだった。

「あら」と妖精弓手が蜥蜴僧侶を覗《のぞ》き込んだ。「あなたはまだ食べてないわけ?」

もうすでに彼女の興味は今の問答から外れ、先の菓子に飛んで行っているらしい。

「拙僧らはこれを気づけにしておったものですがなあ」

「牛乳入ってるからチーズとかと同じ感じじゃない?」

「似て非なるではありますが——うむ、これは甘露、甘露」

どうやらお気に召したようではあるようだ。

蜥蜴僧侶の巨軀が馬人の娘と並んでも、この貴賓席なら悠々とくつろげる。

妖精弓手が、あれこれと興味深く見て回る事もできる。

それに——あの異様な出《い》で立《た》ちの冒険者がいても、誰憚《だれはばか》る事もないのだし。

「待たせた」

もっとも貴賓席付の用人《ようにん》たちからすれば、ぎょっとするのも無理はないだろう。

むしろ表情をぴくりと動かしただけで平静を保てた事を、褒めるべきだ。

何せ彷徨う鎧《リビングメイル》めいた男が、ぬっと扉から姿を現したのだ。

女商人は苦笑を堪《こら》え切れぬまま「大丈夫です」と彼らへ身振りで示した。

「遅いわよ、オルクボルグ！」

「まだ始まってはいまい？」

声をあげた妖精弓手は「そうだけどさ」と頰を膨らませる。

ゴブリンスレイヤーはそれで済んだとばかり、ずかずかと、適当な席へついた。

「どうでした？」

女商人は、彼へ杯を勧め、酒壺から葡萄酒《ぶどうしゅ》を酌《しゃく》してやりながら問いかける。

「譲って頂けそうですか？」

「走り終わったら、という事で話がついた」

端的な答え。別にモノ自体は特別なものではないが、なにしろ相手は銀星号だ。

――ほしがる人も、多いでしょうね。

だがもし今回それを手にできる者があるとすれば、この冒険者たちだけだろう。

「幸運の証《あかし》だというし――……俺はよくわからんのだが」

がぶりと、まるで水か何かのように、ゴブリンスレイヤーは酒を一呑《ひとの》みにする。

鉄兜に遮《さえぎ》られたその視線が、はたしてどこを向いているのだろうか。

彼はぼんやりと、観客席を眺めているように見えた。

そこに集《つど》った人々が声をあげ、英雄か何かのように、馬人たちに熱狂する様を。

銀星号の出番を、今か今かと待ちわびている光景を。

やがて彼は低く唸った後に、静かに頷いて、言った。

「あの姫君が、すごいという事は、わかる」

「ああ」

馬玲姫が頷いた。

「ああ、そうだろうとも……！」

姫様は、凄いのだと。彼女はどこまでも誇らしく、そう言った。

わ、と。歓声が耳をつんざく。

また一つの競争に決着がつき、勝者が生まれたのだろう。

その勝利に栄光を与え、そして敗北の健闘を称えよう。

あの場にいる誰一人、手を抜いて走った者など、いないのだから。

「一人だけですか？」

女商人が、ふと小首を傾《かし》げた。

「あの子は――……？」

ああ。ゴブリンスレイヤーが頷いた。

「依頼の報告に必要な事を聞く、と言っていた」

§

競技場の大歓声はどこまでも賑《にぎ》やかだが、ここでは酷《ひど》く遠くに感じられる。

戦盆《せんぼん》へと続いていく、観客席の地下に設けられた通路。

未《いま》だ勝者でもなければ敗者でもない者だけが足を踏み入れられる場所。

日差《ひざ》しも遠く、明かりといえば点々と掲げられた蠟燭《ろうそく》の灯火《ともしび》だけ。

――まるで迷宮のようだ。

なんて女神官は考えて、それからくすりと笑った。

自分が迷宮に挑んだ事なんて、それこそ一度か、二度くらいだというのに。

だけれど、戦いの緊迫で張り詰めたような空気は、確かに迷宮のそれに似ていた。

そして遥かな海鳴りのように人々の声が木霊《こだま》する中に、彼女はいた。

美しく鍛え抜かれた体を、艶《あで》やかな装束《しょうぞく》で彩《いろど》った、栄光ある走者。

額《ひたい》に一筋の流星を頂いた——銀星号。

大一番を前にして尚、目を瞑《つむ》ってぼんやりとしている様は、決して油断ではない。

それはさながら、矢を番《つが》える前の弓。ぴんと張った、弦《つる》のようなものだ。

だから声をかけるのは——酷く、躊躇われたのだが。

「すみません。競走の前が良いか、後が良いか、迷ったのですけれど……」

ただ一人残った女神官は、意を決して、そう切り出した。

「やはり、お話ししておいた方が良い事のように……思いましたので」

「……ああ、うん」

虚空を見ていた銀星号が、数度、瞬きを繰り返した後に言った。

「大丈夫だ。たぶん、走る前の方が良い。きっと、そうだ」

その意味を、なんとなく、女神官は察していた。

察した上で——……。

「私は——……」

「……わたし、いろいろと考えてみたのです」

銀星号の言葉を遮るようにして、女神官は言葉を放ったのだった。

それに対して、銀星号は何も言わなかった。
ただ、どこか面白《おもしろ》がるか、あるいは興味などないような素振りであった。
女神官は構わなかった。もとより、答えを求めているわけではない。
「そもそも――……」
そもそも馬車屋による誘拐と今回の銀星号の失踪《しっそう》は無関係だと、あの人は言った。
確かに、そうだ。
馬車屋が利益目当てに転売したとして、こんな大騒ぎになっては意味がない。
すぐにどこかの競技に、額の星を顔料か何かで隠した、銀星号が現れるはずだ。
大騒ぎになったから銀星号を殺したのだという、可能性はあったが――……。
「あなたが生きていらっしゃる以上、それはない、わけですし」
ん、と。女神官は、細い指を唇にあてがって考え込む。
だけれど――……一つ疑問が残ったのだ。
あの教官を殺したのは、あの不死身の魔術師なのか？
殺した者の顔を取り込み、己は不死である事を誇っていたあの男か？
あるいは、たまたま馬人の娘を見かけ、何も考えずに襲いかかった小鬼の仕業《しわざ》？
――でも、ゴブリンに殺されたのなら。
遺体が、誰だか判別のつくような状態で、残されているはずもないのだ。

男だったから？　そんなわけがない。

女神官は、あの懐かしい戦士の、痛ましい死を覚えている。

獲物を痛めつけ弄《もてあそ》び喜ぶのが、小鬼たちなのだ。

どちらが下手人であっても、死体が綺麗《きれい》に残っているわけがない。

では――では、だ。

魔術師でもない。小鬼でもない。馬車屋でも、ない。

それならば――……。

「……あの場にいたのは、亡くなった教官以外には、一人だけだな、と」

「…………」

銀星号は、すぐには何も応えなかった。

彼女はただ、これから玄室に飛び込む冒険者のように、足下の点検をしていた。

そして、そっと――諦めか溜息《ためいき》にも似たような、吐息を漏らした。

「私の友達に、蹄《ひづめ》が悪いのに一切表に出さず、懸命に走っている子がいるんだ」

稲妻みたいな足音の。そう言われて、女神官は「ああ」と思い至った。

先日の競技場、そして養成所で顔を合わせた、あの綺麗な馬人の走者だ。

その女神官の表情を見て、うん、と。銀星号も短く頷いた。

「すごい脚力の持ち主なんだけど、体が大きくてね。蹄が耐えられないみたいでね」

「それは――……」

「でも、それでも走っているんだ」

他にも、色々な走者がいた。

とにかく全力で走って勝ちを目指そうとする子。

ただただ、ひたすらに走るのが楽しくて仕方ない子。

勝ちたくて、勝ちたくて、必死になってどこまでも食い下がる子。

銀星号は一人ひとり、自分と轡《くつわ》を並べ、一着を争った走者たちの事を語っていく。

それは――女神官がかつての、そして今の仲間たちを思う時の表情に似ていた。

だから、と銀星号は言った。だから――……。

「みんなの事を考えたら、賭けのために台なしにされるのは、我慢ができなくなったんだ」

――それが、恐らくはあの夜の全てなのだろう。

世事に疎《うと》い女神官にも、大凡《おおよそ》の想像はついた。

金に困って、勝負の行方《ゆくえ》を操作するために、銀星号の足を切ろうとした。

彼女が行方知れずになった時の騒ぎと、そして今の熱狂を見れば良い。

この美しく、ただただ走るためだけに鍛え抜かれた足には、黄金の価値があるのだ。

銀星号は、女神官の表情を見て、全てが伝わった事を察したらしい。

馬人の走者が浮かべたのは透明な――儚《はかな》い願いと、それが叶わぬ事を悟った、諦めの笑み。

「それで――……――どうする？」

女神官は、躊躇《ちゅうちょ》なく言った。

「別に、なにも？」

銀星号の目が、見開かれた。ぴんと立っていた耳が揺れ、尾が振られる。

意味がわからない、と。これほどまでに如実に物語る仕草はないだろう。

女神官は、ゆっくりと首を左右に振って、その薄い胸を誇らしく張って答えた。

「わたしは馬人のお姫様を助けて、小鬼を退治しにきた、冒険者ですから」

そもそも、こんなものは推理でもなく、証拠もなく、ただの当てずっぽうだ。

借金を抱えていたか何かしたらしい教官と、銀星号の間に何があったかも知らない。

都にいると耳に挟んだ探偵ならばともかくも、それ以上の何があるわけでもない。

至高神《しこうしん》の御許《みもと》で《看破《センスライ》》の奇跡を用いての審問なら、罪にも問えるだろうけれど。

ただ――そう、ただ。

それを、抱え込ませたままでは、いけないと思ったのだ。

そんな物を背負ったたまま、走らせてはいけないと思ったのだ。

「そしてあなたは銀星号です。あの子のお姫様で、この競技場の……走者」

この美しい、走るために生まれてきたような女性を。

守り、癒やし、救うのが己の使命で。

そして彼女に与えられた使命は――――……。

「走る、べきだと思いますよ」

「――……………」

女神官が冒険者としての道を選んだのと、同じように。

彼女はここで、駆け抜けて、走り続ける事を選んだのだから。

銀星号は大きくゆるやかにその胸を上下させて、深く息を吸い、吐いた。

そして四脚で、何かを決意したように地面を打つ。

「わかった」と彼女は言った。「走り続けよう。それで、良いのだな?」

はい。女神官は頷いた。それで良いのだと、思った。

もう、銀星号の表情に透明さはない。その瞳に灯《とも》っているのは、炎だ。

大一番に挑む。自分が小鬼の巣や、遺跡の奥に、仲間たちと踏み込むときと同じように。

彼女はこれから、共に駆ける仲間たちと、一世一代の大勝負に挑むのだ。

だから女神官は、背を向け、誇らしく勇《いさ》ましく馬場に向かう銀星号の勝利を祈り――――……。

「あ」と、思い切り間の抜けた声をあげた。

思わず銀星号もまた蹄を鳴らし、脚を止める。振り返った彼女の顔には、困惑。

「まだ、何かあったか?」

「あ、いえ、その……えっと、ですね」

女神官の顔が、かあっと赤くなる。彼女はしどろもどろに、何を言おうかと、言葉を探した。

ああ、これではまったく締まらない。いやでも、先に言っては意味のない事であったし。

わたわたと恥じらい、戸惑いながらも、彼女はどうにか顔を上げて、言った。

「……わ、わたしにも蹄鉄《ていてつ》を一つ、頂けないでしょうか――……？」

銀星号は、その美しい瞳をぱちくりと瞬かせた。

「……良いとも」銀星号は、微笑んだ。「とっておきの幸運をつけて、お渡ししよう」

そして彼女は、銀星号は颯爽《さっそう》と歩き出した。光差す、アリーナに向かって。

女神官はその背を見送ると大きく息を吐き、くるりと踵《きびす》を返して、小走りに駆け出した。

だって、見逃すわけにはいかない。一瞬一秒でも早く、観客席につかなくては。

背《せ》後からは急かすように、英雄の入場を讃《たた》える歓声が遠雷さながらに響いていた――……。

§

「えらい大変だったらしいじゃねえか」

「大変だったんだよ」

槍使いにけらけらと笑われて、重戦士は頬杖《ほおづえ》を突いて唸った。親しき友の斧亭での事である。

今宵《こよい》も、酒場のうちは大勢の酔客で賑わっていた。いや、あるいは普段以上かもしれない。

なにしろ看板娘の一人である馬人の女給が、今日はやたらにこやかで、華やかなのだ。

蹄の足音も軽《かろ》やかに、重戦士の円卓の傍を通る時は目配せまでしてくれる。

それにひらりと手を振る重戦士を見て、槍使いはにやにやと笑みを意地悪くする。

「あながち誤解でもなかったんじゃねえのか？」

「よせよ、お前じゃあるまいし……」

「俺は誤解じゃねえからな」

どこに得意げになる理由があるのかと、重戦士は頰杖を突いた。

――けど、今戸板を返すと死肉喰《く》らいが出てくるからな……。

冒険者たるもの時には竜の洞窟《どうくつ》にも挑むべきだが、危うきには近寄らず、だ。

それに、まあ――……。

――女子供が喜んでるのなら、それが一番だ。

あの馬人の少女――馬玲姫の引き起こした騒動は、大概厄介なものではあった。

が、その結果として事態は解決されたのだ。一つの冒険が、四方世界に生まれたわけだ。

「神、そらに知ろしめす。四方世界に冒険は尽きるまじ。なべて世は事もなし、だな」

「お、学があるじゃあねえか」

「ここ数日は勉強漬けだよ。冒険もなしだ」

女騎士にこってりと絞られたらしい男の有様《ありさま》を、やはり槍使いは愉快に酒の肴《さかな》にする。

自分も冒険を一つ終えてきたのだ。麦酒が旨いったらない。

ここに魔女や受付嬢がいてくれれば尚良いが、それは男同士の酒盛りを貶めるものでもない。

そういう意味で、気になることがあるとすれば、一つ。

「んで、あいつは？」

槍使いは炙《あぶ》られた燻製肉《くんせいにく》を指で摘まみ、口に放り込む。夕火時《あぶり》には調度良い。

「あの馬人の子見る限りじゃ、もうこっち戻ってきたんだろ？」

「いつもの如しさ」

重戦士は油で茹《ゆ》でた芋に、指で摘まんだ塩を振りかける。油と塩はいつだって旨いものだ。

「報告済ませたらとっとと帰っちまったよ」

「なんでぇ……愛想のねえ野郎だ」

「毎度の事だろ」

重戦士は笑った。笑って片手を上げ、給仕を呼ぶ。「はぁい」と軽やかな蹄の音。

——酒の一杯も奢《おご》るのが相場、だったな。

いずれは首根っこ摑んで引きずり込んでやろうと、そう決意する。

「それに、やつの冒険譚なんざ大凡想像がつく」

槍使いも、肩を竦めた。駆け寄ってきた馬人の女給に、麦酒を追加で頼み、呟く。

「ゴブリン退治」

「だろうな」

§

「ゴブリンがいた」

「なるほど？」

「犬に乗ったやつだ」

「悪魔犬ですね。どれくらいでした？」

「一氏族はあったろう」

「他には何かいましたか？　ええと、ゴブリン以外で」

「そうだな」

「……」

「魔法使いがいた」

何が楽しいのか、ゴブリンスレイヤーにはわからぬままに報告は終わった。

受付嬢の事だ。彼女のペン先は常にもまして軽やかに、朗《ほが》らかに、羊皮紙の上を滑っていく。

隣席の職員がぎょっと驚いたような表情をしているのにも、彼女は気づいた節がない。

ゴブリンスレイヤーは、ともかく訥々《とつとつ》、淡々と、常のように言葉を重ねていく。

といっても、そう複雑な事態ではない。

銀星号――馬人の姫君は水の街に行き、競技場の走者となった。

そして町外れでゴブリンに攫われた。それを追跡し、ゴブリンを退治した。

そして、銀星号を救い出した。

彼にとって今回の事件は、それで全てなのだ。

「でも良かったですよ」

ああ。ゴブリンスレイヤーは、微笑む受付嬢に、大真面目《おおまじめ》に鉄兜を上下させた。

「人質にされた娘が無事だったのは、喜ばしい事だ」

「そこじゃあなくて」

そこじゃなくてですね。これ見よがし、わざとらしく書類を整えて、彼女はこほんと咳払《せきばら》い。

「ゴブリン退治ばかりではありますけどね？」

――最近、楽しそうですから。

その言葉の意味は、ゴブリンスレイヤーにはよくわからなかった。

冒険者ギルドを後にして、自在扉が揺れるのを背に、夕闇《ゆうやみ》の道を歩き出して尚、だ。

――楽しい？

誰が。無論、自分の事だ。

受付嬢も何やらにこにことしてはいたが――そしてそれは、良いことだと、彼も思うが。

牧場へと続く道のりは、いつだって長く、いつだって短い。

鈍く愚かな自分が考えをまとめるのには、どうしたって足りない距離なのだ。

「あ、おかえりーっ!!」

だからこうして、いつものように、彼女から話しかけられてしまう。

牛を厩舎《きゅうしゃ》へ追い込む作業の最中か――それとも、もう終えたところなのか。

一日額に汗水垂らして働いた彼女が、夕日の中、その疲れを一切見せずに微笑んでいる。

ぶんぶんと大きく振られた手に、ゴブリンスレイヤーは鉄兜を縦に動かして、応じた。

「ああ、戻った」

小走りにこちらへ駆けてきた彼女と、牧場の柵を挟んで、いつものように連れ立って歩く。

ぶらぶらと、夕日がどんどんと落ちて、逃れるように伸びる影が夜へ沈んでいく中で。

だが、いつもと違うことも、あった。

「よ、っとと……っ」

何を思ったのだろうか。牛飼娘が、ひょいっと柵の上に飛び乗ったのだ。

子供ではない。その体の重みを支えるのに、僅かによろめく。

彼がとっさに手を差し伸ばそうとするよりも早く、彼女はバランスを立て直す。

「昔は、こういうのも簡単だったのにねえ?」

えへへ、と。はにかむように頬を掻き、彼女は柵の縦杭《たてぐい》を、飛び石を渡るように進み出す。

ゴブリンスレイヤーはその隣で、ずいぶんと高い場所にある彼女の顔を見上げながら、歩く。

――わからない事ばかりだ。

子供の頃はわかっていたように、できたように思えたことも、今はまったくできない。

人は成長するというけれど――――自分がどれほど成長できただろうか。

「どう？　冒険、上手くいった？」

「ああ」

「お姫様、だっけ。馬人の。……無事だった？」

「ああ」

「なら、良かったね」

「そうか」

「そうだよ」

「そうか」

おどけた道化のように、牛飼娘は両手足を大きく振って柵を渡っていく。

ゴブリンスレイヤーはふと、雑嚢鞄《ざつのうかばん》の中の重みを思い出した。

忘れていたわけではないのだが、どの時期に渡せば良いのかは、摑みかねていた。

――小鬼相手ならばいつでも機先を制して初撃を打ち込めば良いだけの事だが。

まったくもって、難しいものだ。

「あれ?」と、そうこうしているうちに、彼女が小首を傾げた。

「何か、ガチャガチャ鳴ってない?」

「うむ……」

彼は観念して立ち止まり、牛飼娘に頭上から覗き込まれながら、雑嚢鞄の中をまさぐった。

取り出したのは——無骨な、鈍い銀の輝きを放つ、重々しい蹄鉄であった。

差し出され、受け取った牛飼娘はぱちぱちとまばたきをした後、ためつすがめつ蹄鉄を眺める。

表、裏と返せば、そこには流麗な筆致《ひっち》で、銀星号の刻み文字。知らない名前と、最近の日付。

それでも、わかる事は一つ。

「おお、立派な蹄鉄だや」

これは彼からのお土産《みやげ》で、彼の気持ちが籠もったものだという事だ。

「魔除《まよ》けになるだろう」

「ありがとうね!」

早速、帰ったら戸口に吊るそう。

そう決意しながら一本前に進んだ彼女が横を見ると、そこに彼の姿はなかった。

振り返ってみれば——まだ、彼は薄暗い影の中に立ち止まったままだ。

鉄兜の奥から、瞳が様子を窺《うかが》うように、こちらを見ているのがわかった。

「なあ」

彼は、ぼそぼそと言った。

「楽しそうなのか?」

「誰がー?」

「俺が」

牛飼娘は、すぐには答えなかった。

彼女はまたもう一本、小さく跳んで、杭を踏む。

子供の頃よりバランスを取るのは下手になったものだ。

——きっと、育ったからだなぁ。

それを恥ずかしいとも思う。嫌だなとも思う。嬉《うれ》しいなとも、思う。

思うままに、彼女は姿勢を保とうと両手をばたばた軽く振りながら、問いかけた。

「楽しいの?」

「それが」と彼は言った。「よくわからん」

「じゃあ……っと……っ」

牛飼娘はあわやというところで傾《かたむ》きを持ち直し——どうにか両足で、柵の上を踏んだ。

「……最近、良かったと思うことって何かある?」

「む……」

ゴブリンスレイヤーは、低く唸った。

思い返せば、幾つもある。

砂漠で、赤い竜と遭遇した事。

迷宮探検競技が、もろもろの騒動を経ても尚、上手くやれただろうという事。

北海を訪れることができた事。

馬人の姫君を助け出すことができた事。

それに――――……。

「一党《パーティ》に」と、彼はそれを、未だに上手く舌に乗せられないが。「地母神の神官がいるだろう」

「うん、あの子でしょ？」

「うん」

安っぽい鉄兜が頷き、千切れかけた房飾りが、夕暮れの風に撫でられて踊るように揺れた。

「ずいぶんと、立派に育った。十分、一端《いっぱし》の冒険者といえるだろう」

俺とは違う。彼はそう口には出さなかったけれど。

自分はゴブリンスレイヤーだが――あの娘は、冒険者として、着実に進んでいっている。

今回の冒険でも、そうだったように。

「そういうのって……」

牛飼娘はひょいひょいともう二三の縦杭を渡って、くるりと赤毛をなびかせて振り返った。

「寂《さび》しかったりする？」

「馬鹿を言え」

ゴブリンスレイヤーは笑った。そう、彼は錆びた蝶番《ちょうつがい》のような音を立てて、笑ったのだ。

「とても、良いことだ」

そして彼は、一歩前へと踏み出した。

# あとがき

ドーモ、蝸牛《かぎゅう》くもです。

ゴブリンスレイヤー十五巻、楽しんで頂けましたでしょうか？

草原に小鬼が出たのでゴブリンスレイヤーさんがゴブリン退治をするお話でしたね。

精一杯に頑張って書いたつもりですので、楽しんで頂けましたら幸いです。


今回のお話にはいくつかのモチーフがあります。

アベカエサルであったり競馬であったりシャーロック・ホームズであったり。

そうしたもろもろの中心にあるのが『アドベンチャラーに任せとけ！』です。

自分が生まれて初めてＴＲＰＧリプレイというものに触れたのが、この作品でした。

さらわれたケンタウロスのお姫様を助けた冒険者が、彼女をお家に帰すために右往左往。

部族の抗争、暗殺者部隊、恋の鞘《さや》当て、エトセトラエトセトラ。

華やかな英雄譚《えいゆうたん》ではなく、泥臭い冒険譚を自分に教えてくれたのは『ソーサリー』でした。

皆でわいわい相談し、どたばた失敗しながら駆け回る事を教えてくれたのは、ＴＲＰＧです。

世界の命運がかかったわけでも、立身出世に繋がるわけでもない、けれど大冒険。

以来、数え切れないほどの冒険を自分は乗り越えてきましたが、やはり良いものです。

まあ、時としてそれは多元宇宙や三千世界の存亡に関わる事もありましたけれど……。

ともあれ、四方世界《しほうせかい》に冒険は尽きるまじ！　これはその一例でしかありません。

幸いにも『ゴブリンスレイヤーTRPG』はサプリが発売されました。

皆さんの応援あってこそですので、皆さんも四方世界で楽しんで頂けたら嬉しく思います。


そんなわけで、この巻も大勢の皆さんのお陰で形にすることができました。

編集部の皆さん、挿絵担当の神奈月《かんなつき》先生、漫画担当の黒瀬《くろせ》先生、出版流通書店の皆様。

そして友人たちと、手にとってくださった皆さん。

本当にありがとうございます。


次巻は王都に小鬼が出たので、ゴブリンスレイヤーさんがゴブリン退治をする話の予定です。

ロック・ユー！

他にもまだまだゴブリンスレイヤーやらアニメの二期やらその他の事やら、色々あります。

順次皆さんにお届けできるよう、自分も精一杯頑張りますので、よろしくお願いいたします。

では、また。

## ファンレター、作品の
## ご感想をお待ちしています

〈あて先〉

〒106－0032
東京都港区六本木2－4－5
ＳＢクリエイティブ（株）
GA文庫編集部 気付

「蝸牛くも先生」係
「神奈月昇先生」係

**本書に関するご意見・ご感想は**
**右の QR コードよりお寄せください。**

※アクセスに発生する通信費等はご負担ください。

https://ga.sbcr.jp/

# ゴブリンスレイヤー 15


| | |
|---|---|
| 発　行 | 2021年9月30日　初版第一刷発行 |
| 著　者 | 蝸牛くも |
| 発行人 | 小川 淳 |

発行所　SBクリエイティブ株式会社
〒106-0032
東京都港区六本木2-4-5
電話　03-5549-1201
03-5549-1167（編集）

装　丁　AFTERGLOW

印刷・製本　中央精版印刷株式会社




ISBN978-4-8156-1152-1
Printed in Japan
GA 文庫

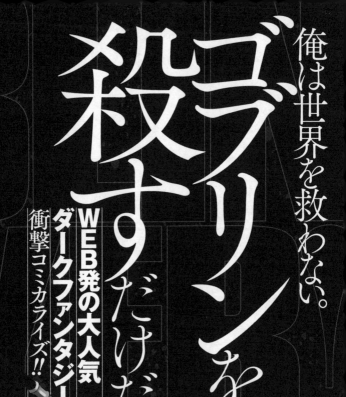

BG COMICS
ビッグガンガン
SQUARE ENIX.
コミックス最新⑫巻
2021年12月25日発売予定!!
※地方により新刊発売日が異なります。
月刊ビッグガンガンにて大人気連載中!!
(スクウェア・エニックス刊　毎月25日発売)

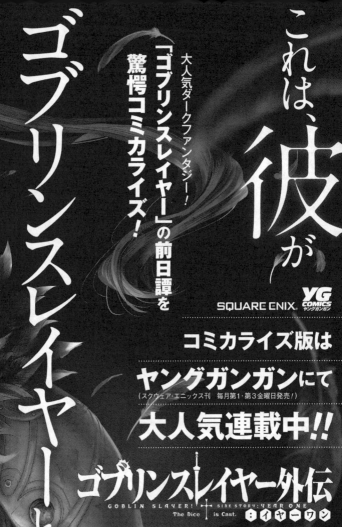

呼ばれるようになる
物語。
コミックス第8巻
2021年12月25日
発売予定!!!!!!
※地方により新刊発売日が異なります。

ゴブリンスレイヤー外伝2
鍔鳴の太刀《ダイ・カタナ》
DAIKATANA The Singing Death
後に「英雄」と
呼ばれる一党の
果てなき迷宮攻略譚——。
コミックス①～③巻大好評発売中!!
（スクウェア・エニックス刊）
B6判
原作：蝸牛くも（GAノベル／SBクリエイティブ刊）
作画：青木翔吾
キャラクター原案：lack
コミックス最新④巻
2021年12月25日発売予定!!
©Kumo Kagyu / SB Creative Corp. キャラクター原案 lack
イラスト：青木翔吾

試読版は
こちら!

**俺の彼女と幼なじみが修羅場すぎる17**

GA文庫

**著：裕時悠示　画：るろお**

──私は、悪魔よ。

　父親を屈服させて権力を握った真涼は「恋愛を滅ぼす」ために動き出す。その矛先は千和、姫香、愛衣にも及ぶ。彼女らの鋭太への愛が本物であることを証明せよと迫る。それに抗う千和たちが、卒業前にくだす決断とは？　ルールを踏み外したカオルの選択は？　真那の想いは通じるのか？

　ハーレム王の宿命を背負い、鋭太は最後の医学部受験に挑む。

　そして、旅立つ真涼が「共犯者」に告げた最後の“契約”とは!?

「鋭太。あなたには、生涯──」

　修羅場、ついに最終章！　裕時悠示×るろおが贈る、甘修羅らぶコメ第17弾！